U0074221

中學生必讀的中國古典文學

曲－明——清

全彩圖文版

秦嶺、秦乙塵
主編

推薦序
詩詞教育是美感教育，
潤澤每個人的生活世界與生命情境

「散文是米炊成飯，而詩則是米釀成了酒」，詩詞曲雖然各有特色，但同樣以濃縮的語言、精鍊的文字表達深厚的情感與意涵；同樣以字字珠璣連綴成篇。《中學生必讀的中國古典文學》不僅能讓人發思古之幽情，更令人回味再三。

青少年在成長的過程中，除了接受正規的學校教育外，家庭教育與社會教育也是重要的一環，此時若能提供有效的引導與啟發，對孩子的待人接物會有深遠的影響與薰陶。閱讀良好的課外讀物則是極為優質的自主學習與充實的途徑，不僅可從書本中獲得樂趣、涵泳情思，還能增長知識。尤其是中國古代的詩詞曲，其辭藻之雋美典雅，蘊含作者細膩的情感抒發，以及對當時社會環境、政治世局等複雜感觸的心境呈現，更展現作者本身的品格、情操與修養，值得青少年賞析與學習，從而陶冶讀者的身心。

「溫柔敦厚，詩教也」，詩詞教育就是美感教育，透過詩歌的美感情意，潤澤每個人的生活世界與生命情境。藉著詩詞教育的潛移默化，進而培育發展成健全的人格。於此，秀威公司為了善盡社會責任，將唐詩、宋詩、元曲等精華，有系統集結成冊。選材平易近人，貼近孩子的生活經驗；鑑賞部分能提綱挈領，深入淺出地引領孩子進入古典詩詞的殿堂，是有效增進閱讀能力的課外讀物，特此為文推薦！

這一本精緻小巧的口袋書，除了收集中國古代具有代表性的詩詞之外，令人驚艷的是全彩美編，「詩中有畫、畫中有詩」。其插畫精緻唯美，與詩作情境相契合，足見編者之巧思

與用心。所選畫作皆源於國際少年藝術大展的作品，是一本非
常有質感且賞心悅目的書籍，值得閱讀，更值得您珍藏。

臺北市立新民國民中學校長　柯淑惠

前 言

　　以唐詩、宋詞、元曲為代表的中國古典詩歌，不僅是中國文學寶庫中的璀璨瑰寶，而且在世界文學史上也佔據著重要地位。這些詩歌無論思想內容還是藝術風格，無不閃爍著文學經典的熠熠光輝，具有無窮的生命力。引導青少年學讀一點古典詩歌，領略其中的高遠、優雅與雋美，對於提高他們的文學素養，陶冶他們的性情將大有裨益。這也正是我們策劃編寫《中學生必讀的中國古典文學》叢書的初衷。

　　《中學生必讀的中國古典文學》叢書按詩、詞、曲列卷，共六冊，分別以唐詩、宋詞和元曲為主體，精選歷代詩詞曲作各一百首彙集而成。這樣選編既便於孩子們初步瞭解中國古典詩歌的歷史淵源、發展變化和最高成就，又可以引導他們認識當時的社會環境和人文現狀，感受古代詩人的心靈之旅。

　　《中學生必讀的中國古典文學》叢書是寫給青少年的讀物，「古典文學」之外，「兒童彩畫」是它的一個顯著特點：叢書所配插圖蓋源於國際少兒藝術大展作品，也就是說全部出自孩子們之手。如此設計，不僅區別於其他版本的一般性插圖，更為重要的是用孩子們自己的畫來裝點，從而豐富了叢書的內涵，使其不再是單一的「文學」內容，同時增添了富有情趣的「彩畫」部分，圖文並茂，相輔相成，給人以清新別致的鮮明印象。這一別開生面的特點，定會增強孩子們閱讀和欣賞的興趣。

　　為了幫助青少年更好地閱讀和掌握古典詩歌，根據其認知特點，叢書設置了輔助性欄目：「作者」一欄，概要地介紹了

作者的生平事蹟及其創作成果，便於孩子們瞭解作品產生的時代背景。「注釋」一欄，將難以理解的詞句作了通俗的解釋，方便孩子們閱讀。「鑑賞」一欄，則對詩詞曲作所表現的思想內容和藝術風格作了分析解讀，使孩子們能夠身臨其境地體味作品的豐富蘊含。「今譯」一欄，在尊重原作的前提下，力圖避免散文化的直譯，而是用現代詩歌的語言和韻律，對作品進行了再創作式的翻譯，為孩子們深入地理解和把握原作，領會詩歌的音韻美提供了幫助。

　　編寫一套集文學性、藝術性和知識性於一體、為廣大青少年喜聞樂見的課外讀物，是我們由來已久的想法。這一構想同樣得到臺灣秀威資訊科技公司以及諸多教育同仁的大力支持，這也是叢書所以能夠短時間內在台出版的主要原因，在此謹表謝意。

書嶺

二〇一六年二月五日

目次

推薦序＼臺北市立新民國民中學校長柯淑惠
前言＼秦嶺

▋ 元曲拾遺 ▋

第一篇　明

蟾宮令 秋景二十詠 朱有燉

上高樓閒對秋風，抹秋天一帶秋雲，
列秋光數點秋峰。
秋意在蒼梧①，秋聲②在翠竹，秋色在丹楓。
感秋氣秋懷冗冗③，望秋波秋思重重。
結秋陰秋雨溟蒙④，弄秋晴秋月朦朧。
助秋涼幾個秋蟬，傳秋信⑤一字秋鴻。

【作者】

朱有燉（1379-1439），號誠齋，安徽鳳陽人。明代雜劇作家。明太祖朱元璋的孫子，襲封周王，世稱「周憲王」。朱有燉長於詞賦，通曉音律。作雜劇三十一種，有散曲集《誠齋樂府》二卷，共約三百多首作品。

【注釋】
①秋意在蒼梧：秋意，指秋季淒清蕭瑟的景觀和氣象。蒼梧，蒼青的梧桐樹。
②秋聲：指秋天裡自然界的各種聲音，如風聲、蟲鳥聲等。
③秋懷冗冗：秋懷，指因秋季到來而興起的思緒、情懷。冗冗，深沉而憂鬱。
④溟蒙：形容細雨迷濛的樣子。
⑤秋信：秋季到來的訊息。

【名句】

秋意在蒼梧，秋聲在翠竹，秋色在丹楓。

【鑑賞】

這首小令盡情鋪排了秋天的風物，主題十分集中，構思和寫法巧妙獨特，為讀者呈現出一幅全景的秋意圖。

開篇寫詩人獨上高樓，悠閒地面對秋風，看到天邊一抹秋雲更增秋意，數座遠峰羅列使秋光更美。接著，詩人抓住眼前的景物，進一步描繪和渲染秋天的氛圍：那蒼鬱的梧桐樹展現出「秋意」，那青青翠竹臨風作響，似乎在傳達「秋聲」，那火紅的楓葉正是「秋色」的象徵。此後，作者轉而抒懷。他感慨「秋光」而湧起一種深沉、蒼涼的情懷，望著「秋波」而產生一種濃烈、憂鬱的思緒。末尾幾句繼續描摹景物：秋雨迷濛，凝結著秋天的陰鬱；秋月朦朧，又牽動著秋天的淒清；秋蟬鳴叫增添了秋的淒涼；秋雁南飛傳遞著秋的訊息。此曲在用詞和句式上有著鮮明的特點。從用詞來看，全曲不避重複，幾乎所有的風物名稱前都加了一個「秋」字，這無疑是作者有意為之，不僅加重了語氣，更重要的是渲染了秋天的氛圍，而且讀起來琅琅上口，形成一種獨特的節奏。從句式來看，多用主謂倒裝句，強調秋天風物所形成的獨特效果，既有排比的氣勢，又在整體上營造一種蕭瑟、清曠的氛圍，讓讀者彷彿跟隨詩人的鏡頭，走進了繁複而深沉的秋天。

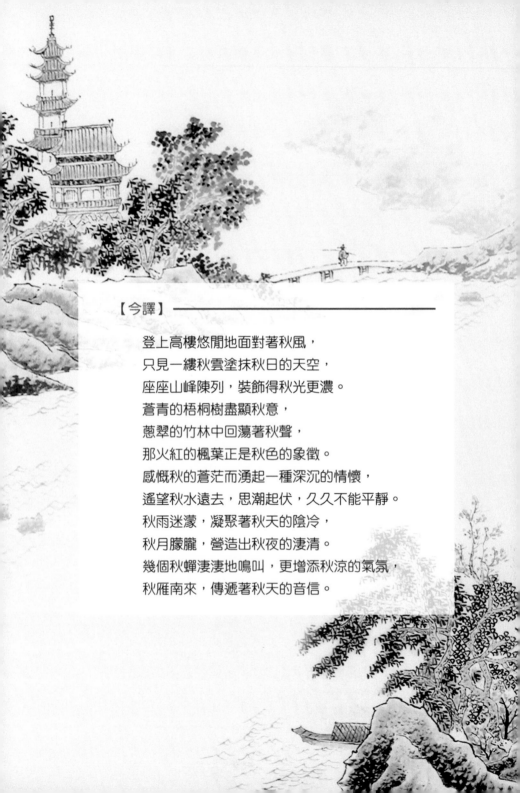

【今譯】

　　登上高樓悠閒地面對著秋風，
　　只見一縷秋雲塗抹秋日的天空，
　　座座山峰陳列，裝飾得秋光更濃。
　　蒼青的梧桐樹盡顯秋意，
　　蔥翠的竹林中回蕩著秋聲，
　　那火紅的楓葉正是秋色的象徵。
　　感慨秋的蒼茫而湧起一種深沉的情懷，
　　遙望秋水遠去，思潮起伏，久久不能平靜。
　　秋雨迷濛，凝聚著秋天的陰冷，
　　秋月朦朧，營造出秋夜的淒清。
　　幾個秋蟬淒淒地鳴叫，更增添秋涼的氣氛，
　　秋雁南來，傳遞著秋天的音信。

掃晴娘^① 朱有燉

掃晴娘，腰身可喜好衣裳，
便將雲霧先除蕩。
盡力掀揚^②，掃晴天萬裡長。
打麥場，農夫望，
歸來相謝救民荒，佳名百世芳。

【注釋】

①掃晴娘：為民間舊俗，六月天陰雨不止時，閨中少女剪出手執苕帚的婦人像，懸掛在大門左側，祈求天氣趕快晴朗，稱為「掃晴娘」。

②掀揚：指向高處揚起的動作。

【名句】

　　盡力掀揚，掃晴天萬裡長。

【鑑賞】

　　這是一首頗有民歌風味的小令，描述民間「掃晴娘」的習俗，生動地塑造了掃晴娘救民荒的傳奇形象。曲作語言通俗淺白，讀來琅琅上口，便於傳唱。

　　「掃晴娘」是民間舊俗，閨中少女把剪紙掛在門上，便可掃出一片晴天，很有幾分神話色彩。「掃晴娘」也指少女剪出的剪紙人像，多為高舉掃帚的婦人形象，正是這首小令著力刻畫的主人翁。開篇寫掃晴娘腰身窈窕，喜歡漂亮的衣裳，於是便把天上的雲霧掃除乾淨。這樣，她就可以得到人間百姓的獎賞。接句描述掃晴娘奮力高揚手臂，掃出晴空萬裡的情景。短短兩句白描，使掃晴娘的形象變得鮮活生動起來。在掃晴娘的努力工作下，雲開雨收，農夫仰望晴天，分外感激掃晴娘，願為她傳名百世。這一節與前篇相扣，以百姓對她的頌揚側面表現掃晴娘的功績。大家知道，收麥的季節是最怕雨的，收割後的麥子一旦遇雨，就會漚在地裡。所以說掃晴娘身負重任，當她「盡力掀揚」時，其形象就顯得

無比高大而神勇。這樣的形象富有象徵意味，
此時，她就是老百姓心目中所企盼的女神。

【今譯】

　　掃晴娘啊掃晴娘，
　　窈窕的腰身可喜歡漂亮的衣裳，
　　於是將雲霧先掃除滌蕩。
　　手臂奮力高揚，
　　掃出晴天萬裡長。
　　打麥場上，
　　農夫們正抬頭仰望，
　　歸來後感謝你救了民荒，
　　你的美名百世流芳。

天淨沙 閒居雜興　[湯式]

近山近水人家，帶煙帶雨桑麻①，
當役當差縣衙②。
一犁一耙，自耕自種生涯。

【作者】

　　湯式，生活在元末明初，字舜民，號菊莊，象山（今
屬浙江）人，散曲家。著有雜劇《瑞仙亭》、《嬌紅記》，
今已不存。所作樂府、散曲甚多，語言工巧，頗有影響。有
《筆花集》，現在小令一百七十首。

【注釋】
①桑麻：泛指農作物或農事。
②當役當差縣衙：服從縣衙的安排，去從事各種差役。

【名句】

近山近水人家，帶煙帶雨桑麻。

【鑑賞】

此曲以白描的手法勾勒出恬淡、閒適的農家生活，表達了詩人對桃花源式的鄉村生活的嚮往。

通過詩人的描寫我們可以看到：鄉村風景優美，依山傍水之處有村落人家，煙雨朦朧中，百姓仍然勤於農事；這裡政通人和，官府安排的差役都是老百姓能夠承擔的，沒有尖銳的社會矛盾；這裡生活基本自給自足，人們在一犁一耙的耕種中過著自在的日子。詩人用樸實淺白的語言、簡單明瞭的情節，為讀者描繪了一幅田園詩般的鄉村生活圖景。這是古代文人所追求和嚮往的理想生活的寫照。但實際上，這種生活在當時的社會條件下是不可能實現的。

【今譯】

依山傍水的人家，
煙雨朦朧中種植桑麻，
服役當差聽憑縣衙。
一張犁一隻耙，
悠閒地過著自耕自種的生涯。

沉醉東風 溪隱 　陳鐸

鋪水面輝輝晚霞，點船頭細細蘆花。
缸中酒似澠[①]，天外山如畫，
占秋江一片鷗沙[②]。
若問誰家是俺家，紅樹裡柴門那答[③]。

【作者】

　　陳鐸（1465？-1521？），字大聲，號秋碧，下邳（今江蘇邳州）人，明代著名散曲家。他工於詩詞和繪畫，又精通音律，被教坊子弟稱為「樂王」。他創作了大量散曲，被譽為「南曲之冠」。所著散曲集有《梨雲寄傲》、《秋碧樂府》、《月香亭稿》等，輯為《陳大聲樂府全集》。

【注釋】
①澠：古水名，在今山東淄博附近，這裡形容美酒如澠水一樣綿綿不絕。
②鷗沙：曲中泛指水鳥。
③那答：那邊、那頭之意。

【名句】

鋪水面輝輝晚霞，點船頭細細蘆花。

【鑑賞】

此曲題為「溪隱」，意思是隱逸於溪水邊，曲中所描寫的便是這種生活，也寄寓了詩人自得其樂的情懷。

開篇寫黃昏時候，豔麗的晚霞鋪滿水面，船穿行于蘆葦叢中，細碎的蘆花點點飄落在船頭。既有遠景的渲染，又有細節的勾勒，繪成絢麗的秋江晚景圖。接句把缸中的美酒比喻成綿延的澠水，不是好酒之人不會如此渴望和讚美酒。隱居的生活與世無爭，詩人一邊飲酒，一邊欣賞著遠處秀麗的山景，以及秋江邊悠閒起落的鷗鳥。這可真是人間仙境一般。結尾句詩人向讀者指點自己的家，就在紅樹遮掩的柴門那裡。生活在圖畫中，過著詩酒相伴的生活，詩人的得意之情在字裡行間流露。前篇詩人運用對仗句式，形象地描繪出「溪隱」的幽靜環境和悠然自得的心態，留給讀者的是有景有情、情景交融的畫面。末尾句又用設問句告訴讀者：這樣美麗的地方，就是我的隱居之所，與前篇承接呼應，起到了篇末點題的作用。

【今譯】

【今譯】────────────────

　　水面上鋪滿了瑰麗的晚霞，
　　船頭點綴著細細的蘆花。
　　缸中美酒彷彿澠水一樣長流，
　　遠處的山巒如同畫一般錦繡，
　　那佔據秋江的，是一片沙鷗白鷺。
　　有人問起哪裡是我家，
　　就在楓樹林中柴門那頭。

寨兒令 夏日即事 王九思

豆角兒香，麥索兒①長，響嘶啷②繭車兒風外揚。
青杏兒才黃，小鴨兒成雙，雛燕語雕梁。
紅石榴花滿西窗，黃蜀葵③葉掃東牆。
泥金④團扇影，香玉紫紗囊，將佳節遇端陽⑤。

【作者】

　　王九思（1468-1551），字敬夫，號渼陂，鄠縣（今陝西戶縣）人。明代「前七子」之一，著名散曲家。其曲作多表達對現實的不滿，抒發個人情懷，風格秀麗雄爽，情趣盎然。有散曲集《碧山樂府》、《南曲次韻》等。

【注釋】
①麥索兒：即麥穗兒。
②嘶啷：繭車繅絲的聲音。
③蜀葵：植物名，開紅、紫、黃、白等色花。
④泥金：用金箔和膠水製成的金色顏料，用於書畫、塗飾箋紙，或調和在油漆裡塗飾器物。
⑤端陽：即端午，在每年的五月初五。

【名句】

　　紅石榴花滿西窗，黃蜀葵葉掃東牆。

【鑑賞】

　　端午節是我國傳統的節日。此曲描寫端午節的時令風物，節奏輕快、活潑，展現了一幅生動的端午民風圖。

　　開篇寫衣事。園中豆角，田裡麥穗，長勢喜人；繭車聲聲，繰絲正忙。初夏時節的衣村，一切都充滿生機。接句寫初夏風物：青杏、小鴨、雛燕，都是剛剛開始成長，稚嫩而生機勃勃。前六句用了五個兒化音，富有生活情趣，讀起來親切而生動。詩人描寫這些景物時，使用精煉的字眼，分別抓住其特點加以表現，如「長」、「黃」、「呢喃」等，使得筆下形象生動逼真，對美麗的鄉村景致起到了烘托作用，詩人熱愛鄉村生活的情感也得到充分表露。緊接著寫院中植物：開在西窗的石榴花，掛滿東牆的蜀葵葉，以「滿」和「掃」寫其繁盛，又以「紅」與「黃」的對比，為鄉村增添了絢麗色彩。末尾幾句由寫景轉而寫人，並未直寫，以「團扇」和「紫紗囊」來指代。為了慶祝端午節的來臨，人們搖著泥金塗染的團扇，佩戴起裝有香玉的紫紗囊。這就是鄉村生活的樂趣。這種樸素、天然的快樂，在詩人筆下愈顯妙趣橫生。

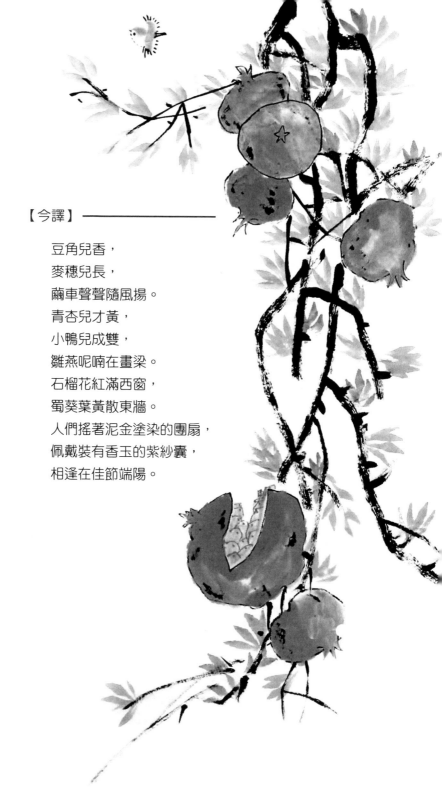

【今譯】────────────

豆角兒香，
麥穗兒長，
繭車聲聲隨風揚。
青杏兒才黃，
小鴨兒成雙，
雛燕呢喃在畫梁。
石榴花紅滿西窗，
蜀葵葉黃散東牆。
人們搖著泥金塗染的團扇，
佩戴裝有香玉的紫紗囊，
相逢在佳節端陽。

沉醉東風 西村晚歸　王九思

明暮野①西山彩霞，繞孤村流水桃花。
天生成杜甫詩，雨染就王維畫，落東風數點棲鴉。
本待還歸興轉加②，因此上垂楊繫馬。

【注釋】
①明暮野：明，照亮。暮野，指傍晚時分的原野。
②本待還歸興轉加：本待，本打算。還歸，歸還、回家。興轉加，
　遊玩的興致又增加了。

【名句】————————————————————

　　明暮野西山彩霞，繞孤村流水桃花。

【鑑賞】————————————————————

　　前人評王九思散曲秀麗雄爽，此曲正體現了這一風格。
小令描寫了黃昏鄉村的風景，色調絢麗，氣氛沉靜，傳遞出
獨特的魅力。

　　開篇寫景：西山野外，桃花流水環繞著一處寧靜的村
莊；黃昏時彩霞滿天，連原野彷彿都被照亮。這樣美麗的景
致與杜甫所描繪的「江村」風景何其相似；如果下起濛濛細
雨，又彷彿王維的一幅水墨丹青，當然畫中還有東風中匆匆
歸巢的幾隻烏鴉。曲的三、四句屬議論，是詩人面對鄉村晚
景時的有感而發，但以「杜甫詩」、「王維畫」作比，不顯

生硬，反而起到了烘托和渲染的作用。尾句寫人。傍晚時分，詩人本來已經準備回家了，可突然間看到如此美麗的鄉村景致，不由得被深深吸引，於是又把馬兒繫住，在暮色中流連欣賞。這一個細節被著意表現，同樣起到了渲染的作用。驀然回首，被西天的彩霞震撼和吸引，只想靜靜坐在霞光裡，伴著夕陽沉醉。詩人獨對一片風景，油然而生一種被自然包容的感覺，足可以讓人流連忘返，難怪詩人要繫馬垂楊了。

【今譯】

　　黃昏的原野被西山彩霞照亮，
　　桃花流水環繞著孤獨的村莊。
　　這景致彷彿天工造就杜甫的詩句，
　　細雨染成王維的水墨畫，
　　還有東風中落下的幾隻歸巢的烏鴉。
　　本來想要回家，興致卻又增加，
　　於是便到垂楊下繫住了馬。

雁兒落帶過得勝令
聽雨

王盤

閉門湖水涯，倚枕山窗下。
連聲①入戶來，幾陣敲簷罷。
又打到梨花，漸響入蒹葭②。
莫是風生樹，還應浪卷沙。
誰家，剪韭春宵蠟；
吾家，連床③夜煮茶。

【作者】

王盤（1470？-1530），字鴻漸，號西樓，高郵（今屬江蘇）人。明代詩人、散曲家。他工詩善畫，通音律，尤長詞曲。散曲多表現個人的閒情逸致，也有部分作品比較深刻地反映了社會現實。有《王西樓樂府》，現存小令六十五首。

【注釋】
⑴連聲：連續不斷的聲音，曲中指風聲、雨聲。
⑵蒹葭：即蘆葦。
⑶連床：並榻或同床而臥，形容情誼深厚，關係親密。

【名句】

誰家，剪韭春宵蠟；吾家，連床夜煮茶。

【鑑賞】

這是一首帶過曲，前四句為《雁兒落》，後八句為《得勝令》。此曲從聲音的角度描寫雨，把無形的雨聲描繪得有意境，有情味，充滿想像的色彩。

開篇寫詩人的居所：在那山腳下、小湖邊，有一處小小院落，就是詩人的家。這樣依山傍水的住所本就是清幽的，而詩人此刻正倚在枕上聆聽雨聲，雨聲的清晰更襯出環境的靜謐。接句扣題，直寫聽雨。先是風聲伴著雨聲傳進家來，接著便是一陣急雨敲打房檐，而後便聽到平緩的春雨落在梨花上，絲絲縷縷；不多時漸漸急驟，最後落入蒹葭叢中。詩

人並沒有直接去描述雨的聲音，而是通過敘寫雨的腳步、落點，去分辨它的輕重緩急，想像和傳達它的聲音，把讀者也帶入相同的意境中，讓人浮想聯翩。接下來是心理描寫：聽著雨聲似乎越來越大，詩人將信將疑，莫不是樹林中起風的緣故，還是風浪卷起了沉沙？看似寫風、寫浪，事實上仍在寫聽雨，以風聲和浪濤聲比喻雨聲，寫出這場豪雨的氣勢。末尾幾句寫人。這樣的雨夜，人們都在幹什麼呢？有的人家在燭光下剪春韭，詩人一家卻是連榻而臥，邊煮茶邊聊天，在親密而恬靜的氣氛中感受著雨的聲響、雨的氣息。這樣寫來，不僅為全篇增添了濃鬱的生活色彩，也傳達出一種寧靜快樂的心緒。

【今譯】

閉了湖水邊的家門，
倚枕躺臥在臨山的窗下。
風聲伴著雨聲傳入戶來，
一陣陣急雨把房檐敲打。
雨緩了，又灑落在梨花上，
進入蘆葦叢中，聲響越來越大。
莫不是樹林中生出的風嘯，
還是湖水的波浪卷起了沉沙。
那是誰家，在春夜的燭光下剪著韭菜；
我家，正親密地聚在一起烹煮夜茶。

朝天子 詠喇叭　王盤

喇叭，鎖哪①，曲兒小，腔兒大。
官船來往亂如麻，全仗你抬身價。
軍聽了軍愁，民聽了民怕，
那裡去辨什麼真共假②。
眼見的吹翻了這家，吹翻了那家，
只吹的水盡鵝飛罷③。

【注釋】

①鎖哪：即嗩吶，一種樂器，形狀像喇叭。

②那裡去辦什麼真共假：那裡，同「哪裡」，表示反問的語氣。真共假，即真和假。

③水盡鵝飛罷：水塘枯乾，鵝兒都飛走了，形容百姓被奴役得家破人亡、妻離子散。

【名句】

官船來往亂如麻，全仗你抬身價。

【鑑賞】

　　這是一首諷刺作品。曲作以詼諧淺白的語言，無情地揭露了宦官弄權、民不聊生的社會現實，充分表達了詩人的憎恨之情。

　　據記載，明代正德年間，宦官專權，百姓苦不堪言。當權的宦官無論走到哪裡，都吹起喇叭和嗩吶來顯示自己的威風，於是，在詩人筆下，喇叭和嗩吶便成了宦官肆意奴役、欺淩百姓的幫兇和代名詞。開篇寫喇叭、嗩吶的特點：吹的曲子短，聲腔卻很大，諷刺宦官們慣于狐假虎威、仗勢欺人的作派。接句把矛頭直接指向當時的社會現實：官船整日在大河上往來，那哄抬身價的喇叭聲真叫人不寒而慄，兵聽了憂愁，民聽了害怕。官船來往，意味著宦官們到處作威作福，勞役軍民，人民不堪重負。接句集中敘寫吹奏喇叭和嗩吶所帶來的民不聊生的慘痛後果，吹翻了一家又一家，只吹得百姓家破人亡、妻離子散。曲作敘寫了宦官作威作福，百姓遭受奴役而家破人亡的事實，感情色彩極為濃厚。詩人運

用象徵的手法，深刻地揭露了當時社會的黑暗，對宦官的辛辣諷刺可謂入木三分，在明代散曲中並不多見。

【今譯】

喇叭，嗩吶，
吹起來曲兒短，聲腔大。
官船來來往往紛亂如麻，
全靠著你抬高身價。
兵聽了兵憂愁，
民聽了民害怕，
到哪裡去分辨真和假。
眼看著喇叭吹垮了這家，
吹垮了那家，
只吹得百姓妻離子散沒法兒活。

沉醉東風 憂旱 金鑾

我則見赤焰焰①長空噴火，
怎能夠白茫茫平地生波。
望一番雲雨來，空幾個雷霆過，
只落得焦燡燡②煮海煎河。
料著這露水珠兒有幾多，
也難與俺相如解渴③。

【作者】

　　金鑾（1486？-1576？），字在衡，號白嶼，隴西（今屬甘肅）人。明代詩人、散曲家。他工詩善曲，所作散曲有不少針砭時事的作品，風格以清麗著稱，也兼有詼諧之趣。有散曲集《蕭爽齋樂府》，收小令一百三十首。

　　【注釋】
　　①赤焰焰：赤日炎炎，形容太陽似火一般炎熱。
　　②焦燡燡：形容火燒得焦乾的樣子。
　　③難與俺相如解渴：相如，指漢代辭賦家司馬相如，他有消渴病
　　　（即糖尿病），需要大量喝水。這句是說幾點露水既救不了災，
　　　也解不了憂，藉以抒發自己憂旱的心情。

【名句】

　　我則見赤焰焰長空噴火，怎能夠白茫茫平地生波。

【鑑賞】

　　這是一首描寫旱情、表達憂思的小令。詩人以鄉間農人的語氣和心境，表達苦旱盼雨的情懷，感情真切而感人。

　　開篇描寫旱情：太陽像噴著火，炙烤著乾旱的大地；人們盼著雨水快點降臨，可是那平地之上又怎麼能夠平白生起白茫茫的水波？接著描寫雨情：天空聚起了陰雲，彷彿要下雨了；可是幾個空雷響過後，炎熱的天氣仍舊像是烈火一般，彷彿要把河海煮乾。由希望到失望，詩人的心情更為焦慮。「赤焰焰」、「白茫茫」、「焦煿煿」三個疊詞的運用，從音韻上突出一種急切之感，側面烘托出衣民盼雨的急迫、焦灼的心情。末句寫露珠。雨怎麼盼也盼不來，詩人看著早晨的露珠，忍不住埋怨：露珠是當不得雨的，連給人解渴都不夠。詩人通過對不同場景的描繪，環環相扣地表現了當時真實的災情，也寄寓了對農民的無限同情。若不是和農民有著深厚的感情，是寫不出這樣真切感人的詩句的。

【今譯】

　　只見長空中赤日炎炎如同在噴火，
　　怎麼可能在平地上生起白茫茫的水波。
　　眼看著烏雲密佈像是要下雨，
　　到頭來只有幾個空雷響過，
　　只落得到處焦乾，彷彿在煮海煎河。
　　料想這露水珠兒能有多少，
　　終解救不了老百姓盼雨的饑渴。

新水令 送吳懷梅歸歙①

暖風芳草遍天涯，帶滄江②遠山一抹。
六朝③堤畔柳，三月寺邊花。
離緒④交雜，說不盡去時話。

【注釋】

①送吳懷梅歸歙：吳懷梅，應是作者好友，生平不詳。歙，歙縣，在今安徽東南。
②帶滄江：形容長江如帶。滄江，即長江，因江水呈暗綠色，故稱。
③六朝：指相繼在南京建都的吳、東晉、宋、齊、梁、陳。
④離緒：分別時的綿綿情懷。

【名句】

暖風芳草遍天涯，帶滄江遠山一抹。

【鑑賞】

此曲寫離別的愁緒，語言清麗，情意深厚，感人至深。

開篇寫景。站立於暖風芳草的長江岸邊，一帶江水東去，一抹遠山如畫。正是陽春三月，六朝堤岸垂柳依依，正變得蔥翠，寺裡寺外開滿了鮮花。以「芳草」、「天涯」，含蓄地抒寫離情。「三月」點明送別的時令，這本是一個明朗的季節，然而送別的人卻別有一番滋味。柳枝原本就是古人分別時表達情意的信物，詩人著意寫堤畔垂柳，正是為了

傳達同友人依依惜別的深情。結尾句點題，也敘寫詩人的心境：離愁和別情交織，說不盡惜別的知心話語。雖用語淺白，卻表現了摯友間率真、坦誠的深厚情意，引人回味。此曲前四句寫景，景中有情；末兩句直抒胸臆，用語簡潔而深情無限。人生難得一知己，如今卻又要遠隔天涯，這一份難捨的情懷令人動容。

【今譯】

　　暖風吹拂，芳草遍佈天涯，
　　碧綠的長江如帶，遠處青山如畫。
　　南京郊外堤岸邊垂柳依依，
　　陽春三月，寺邊盛開著鮮花。
　　離愁別情交織，變得紛雜，
　　一時間說不盡惜別的話。

駐馬聽 和王舜卿①舟行　楊慎

明月中天②，照見長江萬裡船。
月光如水，江水無波，色與天連。
垂楊兩岸淨無煙，沙禽幾處驚相喚。
絲纜③停牽，乘風直上銀河畔。

【作者】

　　楊慎（1488-1559），字用修，號升庵，四川新都人。明代文學家。正德六年（1511）狀元，授翰林院修撰，後遭貶謫，卒於雲南戍所。楊慎於經史、詩文、詞曲、音韻、金石、書畫無所不通，著作之豐，為明代第一人。後人輯為《升庵集》八十卷，有散曲集《陶情樂府》，收作品一百餘首。

【注釋】
①王昇卿：作者的友人，生平不詳。
②中天：高空中，當空。
③絲纜：船上的纜繩。

【名句】

　　垂楊兩岸淨無煙，沙禽幾處驚相喚。

【鑑賞】

　　此曲描繪了一幅大氣磅礡的明月江行圖，用語明快，境界開闊，從中可以感受到詩人豪邁、博大的心胸。

　　開篇描繪江上景色。明月當空，照在浩瀚的長江上，行船乘風而下，輕快而又迅捷。此時，月光如水，江面平靜，水色與天光相連，渾然一體。多麼壯闊的景致，多麼遼遠的意境！詩人的心胸也隨之變得開闊明朗。接句在整體勾勒的基礎上做細節描寫。清夜無塵，兩岸垂柳更顯明淨，偶爾傳來幾聲沙鷗的鳴叫。渲染壯麗的明月江行圖景後，又細

細點綴了沙鷗、垂柳，靜中有動，更襯托出月色水岸的獨特氣氛。結句觸景寄情，令人遐思無限。你看，船纜停牽，舟船卻乘風而上，彷彿直去到銀河畔，令人頓生豪情萬千。這與李白「乘風破浪會有時，直掛雲帆寄滄海」的境界十分相似。瑰麗的江景與曠達的心胸相融合，油然而生豪邁的情懷，令讀者為之深深感歎。

【今譯】

　　皓月當空，
　　照見萬裡長江上的舟船。
　　月光水一樣清澈，
　　江面風平浪靜，
　　水色與天色相連。
　　兩岸垂柳依依，明淨無染，
　　幾處受驚的沙禽彼此呼喚。
　　攬繩也不牽，
　　一葉輕舟乘風直上銀河畔。

黃鶯兒　楊慎

客枕^①恨鄰雞，
未明時又早啼，
驚人好夢回千里。
星河^②影低，雲煙^③望迷，
雞聲才罷鴉聲起。
冷淒淒，高樓獨倚，
殘月掛天西。

【注釋】
①客枕：客店中的枕頭，喻指在旅途中過夜。
②星河：銀河、天河。
③雲煙：指遠處的雲氣和煙靄。

【名句】

客枕恨鄰雞，未明時又早啼。

【鑑賞】

這是一首寫別情的小令，應是詩人被貶謫到雲南後，在某次旅途中所作。曲作通過景物描寫，把離情別緒和滿腹憂思表現得十分淒清含蓄，有很強的藝術感染力。

開篇以「客枕」點明遊子的身分，而「鄰雞」在天不亮時就早啼，打斷了遊子回鄉的好夢。鄰雞啼鳴本與詩人無關，一個「恨」字卻傳達出詩人因仕途坎坷、遠別親人而憂傷煩悶的心情。接句寫景。殘月將落，銀河星影漸漸模糊不清，四周雲霧迷濛，到處都是一片清冷。詩人心情鬱結，所見自然皆清冷之景。「鴉聲起」既表明時間的流逝，又暗含憂思的難解；鄰雞驚夢本就讓詩人好一陣懊惱，昏鴉噪曉更增添了詩人的惆悵。結尾幾句寓情於景。環境淒冷，人心淒冷，詩人苦悶的心情無處可訴，只有獨自站在高樓上，看著一彎殘月掛在西天。雖無一字直寫離別之苦、憂思之深，而字裡行間處處流露淒切傷感之情，引人深切同情。

【今譯】

　　在客店的枕上為鄰家的雞而惱恨，

　　天還不亮就早早地啼鳴，

　　驚醒了我千里回鄉的好夢。

　　銀河影子低沉，

　　遙望雲霧迷濛，

　　雞鳴才歇，又傳來烏鴉的哀鳴。

　　四處陰冷淒清，

　　我獨自倚在高樓上，

　　只見一彎殘月掛在西邊的天空。

黃鶯兒 苦雨　黃峨

積雨釀輕寒①，
看繁花樹樹殘。
泥途滿眼登臨倦。
雲山幾盤②，江流幾灣，
天涯極目③空腸斷。
寄書難，無情征雁④，
飛不到滇南⑤。

【作者】

　　黃峨（1498-1569），字秀眉，遂寧（今屬四川）人，為楊慎之妻。通經史，工詩詞，長於散曲，有「曲中李易安」之稱。作品多為傷其夫遠戍的幽怨之作，描寫細膩，情感深摯。有《楊夫人樂府》。

【注釋】
①積雨釀輕寒：釀，造成、帶來。這句是說連綿的雨帶來微微的寒意。
②盤：迴旋，盤旋。
③天涯極目：即極目天涯，為縱目遠眺之意。
④征雁：遠飛的大雁。古時鴻雁為書信的象徵，有「鴻雁傳書」的說法。
⑤滇南：雲南南部。滇，雲南別稱。

【名句】

積雨釀輕寒，看繁花樹樹殘。

【鑑賞】

　　黃峨與楊慎夫妻情深，卻因楊慎遠戍雲南而被迫分別30年之久，對丈夫的深厚情意和苦苦思念，以及形單影隻的孤寂都只得通過文字傳達。這首小令所描述的，正是黃峨因陰雨連綿而觸景生情，不禁思念遠人的情懷，是歷來傳誦的名篇。

　　開篇即扣題，寫連綿陰雨帶來陣陣寒意，一樹樹繁花在雨中凋殘不堪，零落成泥。以「寒」、「殘」等字渲染出淒清、冷寂的氣氛，以此襯托詩人幽怨、哀婉的心境。詩人被「積雨」觸動滿腹心事，想要登上高樓眺望，卻只見到道路泥濘的景況，心情更加煩悶。以一個「倦」字加以表現，既寫詩人離愁難解的百無聊賴，又蘊登臨之久、企盼之深的意味。接下來的幾句都是寫登臨所見，蘊含著對丈夫的無限思念之情。雲山幾重，江流綿延，正是這萬水千山阻隔了夫妻相見。望斷天涯也望不到丈夫的身影，詩人不由得悲從中來，柔腸寸斷。以「腸斷」寫出無盡的哀怨和痛苦，纏綿悱惻之處，令人不忍卒讀。結尾句寫詩人的心境。天涯分隔，欲傳情只得靠鴻雁傳書。怎料征雁無情，不肯飛到雲南。既不能時時相見，又無法書信往來傳遞思念，詩人借埋怨鴻雁的「無情」，表達哀痛至極的心境，催人淚下。

【今譯】

連綿的陰雨釀成了陣陣輕寒，
看那繁花一樹樹零落凋殘。
道路泥濘，懶得去登臨遊覽。
雲霧籠罩的山巒一盤盤，
奔流東去的江水有幾灣，
放眼天涯路，空留愁腸斷。
寄封書信難啊，
遠征的鴻雁太無情，
飛不到雲南。

玉芙蓉 喜雨　馮惟敏

初添野水涯①，細滴茅簷下，
喜芃芃②遍地桑麻。
消災不數千金價，
救苦重生八口家③。
都開罷，蕎花豆花④，
眼見的葫蘆棚結了個赤金瓜⑤。

【作者】────────────

　　馮惟敏（1511-1580？），字汝行，號海浮，山東臨
朐人。明代散曲大家。他將散曲的題材擴展到社會生活的各
個方面，極大地豐富了散曲內容。風格真率明朗，常以俚語
俗諺入曲，語言詼諧，氣韻生動。有散曲集《海浮山堂詞
稿》，收小令一百六十七首。

【注釋】
①初添野水涯：初，剛剛。添，增加、擴大。野水，指野外的小
　河、水窪等。涯，邊際。
②喜芃芃：形容草木鮮活、茂盛的樣子。
③八口家：八口之家，泛指普通農家。
④蕎花豆花：蕎花，蕎麥花。豆花，豆苗花。
⑤赤金瓜：形容葫蘆結得大，看上去金燦燦的。

【名句】

初添野水涯，細滴茅簷下，喜芃芃遍地桑麻。

【鑑賞】

馮惟敏有不少以農事為主題的小令，本篇描摹雨後欣欣向榮、豐收在望的景象，洋溢著歡欣和暢快的氣息，傳達出詩人心繫百姓的情懷。

開篇寫喜雨初晴的情景。一場喜雨過後，地面上到處是小水窪，清清亮亮的；房簷下雨滴還在滴滴答答地落下；經過雨水的滋潤，地裡的莊稼一下子變得鮮活、茂盛起來。多麼好的雨啊，來得正是時候！雖無一字直寫「喜雨」，卻句句充盈著歡欣喜悅之情。接句直抒胸臆：這場消除旱災的雨是無價的，它解除了許多農家的苦難。通過議論寫出了雨的珍貴，進一步表達了詩人的喜雨之情。結句用倒裝句式，描述雨後生機勃勃的田間。各種作物的花都開過了，眼見著就要結出果實，一派豐收在望的景象；而葫蘆棚裡，已迫不及待地結出了金燦燦的大葫蘆。結尾把鏡頭定格在「赤金瓜」上，色彩絢爛，喜悅的心情表達得十分暢快。詩人所用的語言都是不加修飾，彷彿是從農民心裡說出來的，表現出與百姓同喜同憂的情懷。

【今譯】

剛剛填滿了野外的水窪，
又化作細流滴落屋簷下，
你看到處都是鮮活茂盛的莊稼。
消災的好雨千金難換，
救活了多少苦難的農家。
都開過了，蕎麥花和豆花，
又看見葫蘆棚結出紅燦燦的瓜。

黃鶯兒　劉效祖

門巷外旋栽楊柳，池塘中新浴沙鷗。
半灣水繞村，幾朵雲生岫①。
愛村居景致風流，閒啜盧仝茗一甌②，
醉翁意何須在酒③。

【作者】————————————

　　劉效祖，生卒年不詳，字仲修，號念庵，濱州（今山東惠民）人，明代散曲家。官至陝西按察副使，後被罷官，退居林泉，寄情山水。他的詞曲小令在當時頗有名，後人輯為《詞臠》，收小令一百一十二首。

【注釋】
　①雲生岫：是說雲朵從山中飄出。岫，本義為山洞，後指山巒、山峰。
　②閒啜盧仝茗一甌：啜，喝、飲。盧仝：唐代詩人，一生愛茶成癖。茗，原指某種茶葉，後泛指茶。甌，盛茶的器具。
　③醉翁意何須在酒：化用宋代文學家歐陽修《醉翁亭記》中的句子：「醉翁之意不在酒，在乎山水之間也」，形容置身於山水風景中的得意心情。

【名句】————————————

　　半灣水繞村，幾朵雲生岫。

【鑑賞】

這首小令描寫村居生活，抒發閒適雅致的意趣，語言工麗，風格清新。

這該是春天的風景：門巷外不久前新栽下楊柳，池塘中浮游著剛下水的沙鷗。整個村莊被溪水環繞著，藍天上白雲朵朵，像是剛從大山裡飄出。詩人運用對仗句式，寥寥幾筆便勾畫出鄉村特有的景致，恬靜清幽，祥和自然。接句緊承上文，敘寫詩人的村居生活。時時置身於美景之中，心曠神怡；悠閒地品嘗著盧仝茶，樂而忘俗。詩人筆下的鄉村生活，是寧靜而悠閒的，從中可以感受到詩人快樂的心境。末一句直抒情懷，無須有酒，這美麗幽靜的鄉村風景自然令人心醉。進一步表達了對鄉居生活的熱愛之情。結尾句詩人連用了兩個典故，不僅豐富了曲作的內涵，而且增添了優雅的情趣，給讀者留下了回味空間。

【今譯】

門巷外是不久前新栽的楊柳，
池塘中浮游著剛下水的沙鷗。
半灣溪水環繞著村莊，
幾朵白雲從山巒飄出。
喜歡這村居的景致恬淡清幽，
悠閒地品嘗詩人盧仝稱讚的香茶，
感歎醉翁之意何必在酒。

夜行船 擬金陵懷古 　梁辰魚

萬裡濤回，看滔滔不斷，古今流水。
千年恨都化英雄血淚。
徙倚①，故國②秋餘，遠樹雲中，歸舟天際。
山勢依舊枕寒流③，閱盡幾多興廢。

【作者】

梁辰魚（1520？-1591），字伯龍，號少白，昆山（今屬江蘇）人。明代散曲家，工詞曲，通音律，有「曲中之聖」之稱，對明、清昆曲的創立作出過貢獻。著有傳奇《浣紗記》，有散曲集《江東白苧》、《續江東白苧》。

【注釋】
①徘倚：即徘徊、彷徨。
②故國：已經滅亡的國家、前代王朝。曲中指金陵（今南京）。
③山勢依舊枕寒流：化用劉禹錫《西塞山懷古》中「山形依舊枕寒流」句。

【名句】

山勢依舊枕寒流，閱盡幾多興廢。

【鑑賞】

以「金陵懷古」為題的詩歌作品，數量相當多，此曲是其中佳作。詩人面對壯麗山河，抒發對歷史興亡的感慨，氣勢豪邁，風格沉鬱。

金陵為六朝古都，歷史悠久，有著豐厚的人文歷史。詩人站在江邊回憶六朝往事，自然心潮起伏。開篇寫長江波濤萬裡，滾滾向東，自古至今從未斷絕。起首句氣勢不凡，為全曲奠定豪邁的基調。接句寫當年的英雄已逝，再多的遺憾也只是徒然，極有「風景不殊、山河有異」之感。詩人徘徊於六朝遺址，望著江岸遠樹、天際歸舟，內心充滿對故國的

感慨。既寫長江的浩渺遼遠，又蘊含面對歷史滄桑的惆悵。最後化用劉禹錫的名句，寫江水之上千年不變的山巒，不動聲色地閱盡了歷史的盛衰。曲中，詩人寫景，始終都蘊含著自己的感悟：開篇讚美長江的氣勢磅礡，感歎英雄人物的來去匆匆；篇末以山河的永恆和歷史的變遷並舉，感慨在與自然的對比中，人類總是那樣渺小而無奈。這一認知深化了主題，引讀者深思。

【今譯】

萬裡波濤洶湧迴旋，
看滔滔長江東去，
古今不息的流水。
千年遺恨都化作英雄的血淚。
徘徊，在金陵郊外的殘秋。
江岸的遠樹隱現在雲中，
返航的舟船飄蕩在天際。
起伏的山巒依舊枕臥在寒江之上，
它經歷了多少王朝的盛衰興亡。

山坡羊 吊戰場

擁旌麾鱗鱗隊隊^①，
度胡天昏昏昧昧^②。
戰場一吊，多少征人淚！
英雄歸未歸，黃泉誰是誰？
森森^③白骨，塞月常常會；
塚塚磧堆^④，朔風^⑤日日吹。
雲迷，驚沙帶雪飛；
風催，人隨戰角^⑥悲。

【作者】────────────

　　薛論道（1531？-1600？），字談德，號蓮溪居士，定興（今河北徐水）人。明代重要的散曲作家。中年從軍西北，戍邊三十年，曾做過指揮僉事等。他最富於特色的是描寫邊塞軍旅生活的作品，格調高昂，感情深沉。有散曲集《林石逸興》十卷，收小令一千首。

【注釋】
(1)旌旄麾鱗鱗隊隊：旌麾，古時大將用以指揮軍隊的軍旗，以羽毛裝飾。鱗鱗隊隊，形容軍隊整齊，軍威浩壯。
(2)度胡天昏昏昧昧：胡，古代時稱北方少數民族為胡。胡天，胡人所在地域的天空，泛指北方天空，亦指胡人居住的地區。昏昏昧昧，指光線昏暗、陰暗。
(3)森森：堆積、密集的樣子。
(4)塚塚磧堆：塚，墳墓。磧，指沙石淺灘。這句是說墳堆長時間沒人整修，都連成了荒沙灘。
(5)朔風：北風、寒風。
(6)戰角：軍中的一種樂器，多指號角。

【名句】────────────

　　英雄歸未歸，黃泉誰是誰？

【鑑賞】────────────

　　這是一首憑弔古戰場的小令。詩人以淒厲的筆調、誇張的描寫，渲染了戰爭的慘烈悲壯，表達了厭戰的情緒，筆意力透紙背。

　　詩人久戍邊關，熟悉那裡的自然環境，更熟悉戰爭的
場面。開篇描寫作者站立古戰場，彷彿可以想見當年旌旗
獵獵、部隊整肅的場面，而此時只有陰暗的天空，空曠的地
域，以想像與現實的鮮明對比，渲染出沉鬱而悲壯的氛圍。
接下來點出憑弔的主題。出征打仗，不知有多少人戰死疆
場，古戰場浸透著無數將士的血淚！想來怎不讓人悲痛斷
腸。接句是兩個問句，是詩人在問逝去的英魂：你們回到家
鄉沒有，黃泉路上有誰與你們結伴同行？這種叩問，透著徹
骨的悲涼，極有感染力。接下來，詩人又以誇張的手法，描
繪古戰場實景：淒清的月光照耀森森白骨，也許英靈會趕來
相會；累累墳塋無人整修，日日遭受北風侵襲，寒意入骨。
以想像之辭抒發悲憤之情，把淒切悲壯的氣氛烘托到了極
致。結尾詩人借景抒情：天上雲霧迷濛，沙粒帶著雪花飛
舞；風正緊，彷彿在催人出征；畫角響起，心中湧起無限悲
哀。這場景又把詩人帶回了當年的戰場，而作者反戰、厭戰
的情緒也到達了頂點。

【今譯】

　　簇擁著獵獵帥旗的是整齊威嚴的部隊，
　　遙望北方的天空昏暗低垂。
　　戰場一次憑弔，
　　會看到多少征戰者的眼淚！
　　問英靈家鄉歸未歸，
　　黃泉路上相伴的可是誰？

堆積的白骨，
常常在塞北淒清的月光下相會；
墳塋累累的沙灘，
更遭寒風日日吹。
雲霧迷濛，
揚起的沙粒夾帶著雪花翻飛。
風聲疾驟，
人們隨著響起的號角而傷悲。

黃鶯兒 雨景　施紹莘

嫩雨①濕肥田，暗雲堆欲暮天，
平迷四野無人喚。
西村斾懸②，東天鬻懸③，
漁歌晾網垂楊岸。
木橋邊，敲門聲裡，蓑笠遠歸船。

【作者】

施紹莘（1581-1640），字子野，號峰泖浪仙，華亭
（今上海松江）人。明代著名散曲家。他精通音律，尤長
散曲，曲作能跳出南曲追求音律與詞藻的俗套，較為自由
地抒寫情懷，章法也曲折新穎。有《花影集》，收小令七十
二首。

【注釋】
⑴嫩雨：細雨，小雨。
⑵旆旓：即捲旆。旓，本指旌旗，這裡指酒旗。
⑶纛旓：即捲蠶。蠶，吳地方言，指彩虹。

【名句】

木橋邊，敲門聲裡，蓑笠遠歸船。

【鑑賞】

施紹莘的散曲藝術成就很高，描寫細膩，用筆清麗，表
現景物富有生活氣息。這首小令描寫漁村雨景，呈現給讀者
一幅意境悠遠、生活氣息濃郁的水墨畫，正體現了詩人的藝
術特點。

彷彿一個高明的畫家，詩人的筆觸由遠及近，由全景
到細節，將漁村雨中雨後的場景一一呈現，有靜謐、朦朧的
美感。開篇寫雨景：細雨濕潤了田園，陰雲遮暗了天空，四
周一片迷濛，杳無人跡。接下來寫雨後景象：西村裡的酒旗
在風中招展，東邊天空上出現了七彩的虹。清亮的漁歌響起

來，打破了小漁村的寧靜，原來是漁人在垂楊岸邊晾曬漁網。雨過天晴，色調從昏暗轉向明淨，氣氛由寧靜轉為生機勃勃。結句寫出海捕魚的人歸來，輕輕敲開了木橋邊的人家。敲門的聲音本來是很輕微的，卻被敏銳的詩人捕捉到了。這是非常有生活氣息的細節。結尾幾句，詩人運用借代的手法，以「漁歌」和「蓑笠」指代人物，收到了很好的藝術效果。

【今譯】

　　細雨綿綿濕潤了肥沃的田野，
　　烏雲密佈像是要遮暗長天，
　　一片迷濛聽不到原野上人在呼喚。
　　雨停了，西村裡酒旗高懸，
　　東邊天空上一道彩虹出現，
　　漁歌聲中漁網晾曬在垂柳堤岸。
　　木橋邊，敲門聲響起，
　　從遠處歸來了出海的漁船。

鎖南枝 夜寒 施紹莘

鄰雞叫，促織①鳴，
青燈一篝寒背枕②。
明月映人心，西風尖得緊③。
身孤另④，綿被輕，
半邊溫，半邊冷。

【注釋】
①促織：蟋蟀的別名。
②青燈一篝寒背枕：青燈，發出青熒之光的油燈。一篝，一籠，即
　一盞。寒背枕，形容寒氣襲人。
③西風尖得緊：是說西風的呼嘯聲一陣緊似一陣。
④孤另：孤單、孤獨。

【名句】────────────

明月映人心，西風尖得緊。

【鑑賞】────────────

這是一首描寫遊子孤旅，表達愁思的小令，語言質樸，
格調溫婉，感情細膩而深切。

開篇寫寒夜孤館中，獨居客店的詩人守著一盞油燈，只
覺陣陣寒氣襲人。聽聞窗外「鄰雞」的鳴叫，天就要亮了，
仍是輾轉反側，難以成眠。接句寫景：淒清的明月映照著

孤寂的遊子；西風呼嘯，一陣比一陣緊，更增無限寒意。曲中，詩人寫景寄情，用的是婉轉的筆調：不直寫因愁思而輾轉難眠，卻以寒夜中細微的蟲鳴，反寫其徹夜不眠之狀；不言明自己如何天涯思歸，盼望與親人團聚，卻寫「明月」照人，其「低頭思故鄉」的情懷得以充分表露。結尾幾句寫詩人的感受。在這樣清冷的環境中，連棉被也彷彿與人作對，既輕且薄，一半兒溫一半兒冷。以身體的感受傳達內心的孤獨、淒冷之感，仍是婉轉的筆法。這裡，詩人把孤單寂寞之狀、思鄉盼歸之情，表現得真切感人，由此也可見詩人散曲創作的功力。

【今譯】

鄰家的雞在叫，
蟋蟀也鳴不停，
獨守油燈下，只感覺寒氣襲人。
明月映照著我寂寥的心，
西風呼嘯一陣比一陣緊。
我身形孤單，
棉被也變得輕薄，
只有一半溫熱，
一半卻冰冷。

金梧桐 送沈伯遠①出獄　夏完淳

西風落葉繁，有個愁儂②伴。
湖海窮途③，卻恨相逢晚。
平生一片心，鬥酒英雄膽。
兩鬢黃花④，剪燭清宵短，
情深不覺秋光換。

【作者】

　　夏完淳（1631-1647），字存古，號小隱，松江華亭（今上海松江）人。他天資聰穎，五歲讀經史，七歲能詩文。後隨父夏允彝、師陳子龍參加明末抗清鬥爭，失敗後被捕入獄，堅貞不屈，從容就義，年僅十七歲。他短暫的一生中，著作頗豐，輯有《夏節湣全集》十四卷。

【注釋】
①沈伯蓁：作者獄友，生平事蹟不詳。
②愁儂：儂，口語，你。愁儂，即愁悉的你，知心的你。
③窮途：路的盡頭，比喻處境困窘的狀況。
④兩鬢黃花：形容獄中人面容憔悴、髮色枯黃的樣子。

【名句】

　　平生一片心，鬥酒英雄膽。

【鑑賞】

　　夏完淳是歷史上著名的少年英雄，隨師長起事反清，兵敗後被捕。此曲寫於獄中，贈給獄中相伴、志同道合的朋友，寫得慷慨悲壯，情深意長，顯露了少年英雄重情重義的一面。

　　開篇以「西風落葉」起首，既點明時令，也為全曲奠定蕭瑟悲涼的基調。詩人被捕於初秋時節，此時已是落木蕭蕭的深秋。獄中時光難捱，幸得有知己相依相伴。「愁儂伴」以口語入曲，真率天然，可以想見他們把臂言歡的真摯

情誼。接著寫二人相逢於窮途末路，卻結成知己，只遺憾相見太晚，分別太早。「窮途」言簡意豐，在回憶與友人相識的過往時，忍不住流露英雄失路的悲涼。筆調低沉，讀來催人淚下。接句情緒轉為激昂，抒發志向。他們都懷有報國之心、英雄膽魄，酒酣胸膽開張之時，常思殺身成仁。這兩句正是少年英雄夏完淳短暫一生的真實寫照，但志向未能實現，慷慨激昂的情感中仍不脫「出師未捷身先死」的沉鬱悲壯。結尾幾句敘寫與摯友在獄中剪燭長談，雖面容憔悴卻興致高昂，以至於徹夜不眠，忘記了時光的流轉。情緒轉為低緩，娓娓訴來，詩人同友人意氣相投、命運與共的深情厚誼洋溢於字裡行間。此曲本是一首送別曲，卻絲毫不見悽楚的離情別緒，有的是只是豪邁、深沉、真摯的情懷，不愧為散曲中的力作。

【今譯】

西風緊落葉紛繁，
好在有你個知己相伴。
窮途末路時遇到你，
卻只恨相逢太晚。
平生常懷報國心，
暢飲更有英雄膽。
面容憔悴的你我，
燭光下徹夜長談，
情意相投，竟不覺得時光流轉。

第二篇　清

勝如花 避亂思歸 　沈自晉

思燕玉[①]，憶楚萍[②]，
老去愁饑畏冷。
驀然[③]間塞鼓烽煙，
頃刻來飄蓬斷梗[④]，
博得個孤舟貧病。
捱[⑤]一番朝驚晚驚，
又一番風行雨行。
數點秋螢，早六花[⑥]飛迸。
遏不住鱸鄉歸興[⑦]，
盼西流可是江城？
盼西流可是江城？

【作者】

　　沈自晉（1583-1665），字伯明，號西來，晚號鞠通生，吳江（今屬江蘇）人。明末清初著名戲曲家。善度曲，尤精音律，作品多抒寫故國之思、家園之念，雄勁悲涼。傳奇有《望湖亭》、《翠屏山》傳世。有散曲集《鞠通樂府》。

【注釋】
①燕玉：燕地所產的一種美玉，據說夏寒冬溫，可以用來暖身。
②楚茅：即楚江芽，比喻吉祥而罕見之物。這裡用其本義，代指能充飢的食物。
③驀然：不經意間、突然地。
④飄蓬斷梗：飄飛的蓬草與折斷的樹枝，比喻漂泊不定。
⑤捱：遭受。
⑥六花：即雪花，雪花為六瓣，故名。
⑦蠡鄉歸興：蠡鄉，吳江的別稱，即作者的家鄉。歸興，羈旅思歸的思緒。

【名句】

　　驀然間塞鼓烽煙，頃刻來飄蓬斷梗。

【鑑賞】

　　這是一首敘寫戰亂苦難，表達思鄉歸情的曲子，語言哀婉，情感真切。

　　開篇敘寫詩人的生活狀態：整日想著解決溫飽問題，一直都在為饑寒而憂愁擔心。這不僅是詩人自身的景況，也是戰亂前凋敝的社會的真實反映。中篇集中記述戰亂所帶來的苦難。突然間戰爭爆發，到處是炮火硝煙、斷壁殘垣的淒

慘景象。戰爭所帶來的巨大創傷從來都由人民承擔，以「飄蓬斷梗」暗喻普通百姓的命運，像飛草、斷枝一樣，背井離鄉，倉皇避亂。接句由全域到局部，敘寫詩人在逃難路上的經歷。一場又一場的驚嚇，一程又一程的風雨，詩人貧病交加，孤舟亡命。這兩句寫詩人的個體經歷，而這不過是逃難人群的一個縮影。曲中，詩人以詞語的重複使用，加大了對苦難的渲染力度。末篇借景抒情，表達了思鄉盼歸的心情。這一天晚上，詩人突然看到秋天的螢火蟲在飛舞，不由得想起了家鄉冬天的雪花，思鄉之情陡然升起，且愈來愈強烈。遊子思歸本是人之常情，只可惜戰亂之中身不由己，欲歸而歸不得，將戰爭創痛更推進一層。最後兩句以重複的問句，表達詩人內心的迷惘：既希望順著西流回到家鄉，又感到歸途茫茫，不知道會飄向何方。

【今譯】————————————————————

　　常常思念可以暖身的燕玉，

　　回想起可以充饑的楚萍，

　　人老了越來越擔心飢餓，害怕寒冷。

　　突然間清兵南下，燃起戰爭烽煙，

　　頃刻間到處是逃亡破敗的慘景，

　　我自己也落得個貧病交加，孤舟亡命。

　　從早到晚一次次遭受驚嚇，

　　驚恐之餘又一番風雨兼程。

　　看得見星星點點秋天的螢火，

　　回想起家鄉冬日飛雪的早晨。

　　抑制不住心中湧起思歸的激情，

　　盼望向西漂流，或許會到達江城？

　　盼望向西漂流，或許能到達江城？

步步嬌 旅中雨況 沈自晉

眼底雲山皆愁緒，慘澹花深處，春光有似無。
入夜狂飆①，雨又朝和暮。
恁般②雨雨更風風，天還不惜離人苦。

【注釋】
①狂飆：狂風大作。飆，巨風。
②恁般：這般，這樣的。

【名句】

恁般雨雨更風風，天還不惜離人苦。

【鑑賞】

這是一首描述旅途遇雨、表達愁懷的小令，語言清麗，格調淡遠，耐人尋味。

開篇描述旅途中的景象：收入眼底的是低垂的雲、陰暗的山，彷彿都滿懷著愁緒；處處都是凋零的落花，一片慘澹，已不見大好的春光。春天本該是明媚秀麗的，可在詩人筆下卻變得晦暗、陰鬱，失去了往日的色彩，這完全是詩人的愁懷使然。詩人離開家鄉獨自跋涉在旅途中，他的情感同周圍景色自然交融在了一起，這便是以情寫景、以景寓情的筆法。而詩人運用「愁緒」、「慘澹」這樣的詞語，把景物擬人化，使之帶上了強烈的感情色彩。接句描寫途中遭遇風雨。入夜狂風大作，第二天從凌晨到黃昏雨一直下個不停。已是愁懷滿腹的詩人，遭遇這風雨交加的境況，其離愁別情更添一層。這兩句看似只寫風雨，卻通過疊詞的運用，增強了對環境的渲染；既實寫自然界的風雨，又喻指詩人旅途艱辛，常歷風雨，可謂一語雙關，能夠引發讀者想像。結尾兩句直抒胸臆：這般風風雨雨旅途中常在經歷，老天一點兒不憐惜離人的淒苦。名為「怨天」，實則「憂己」，是詩人在訴說離情的淒苦難耐，為全曲的點睛之筆。

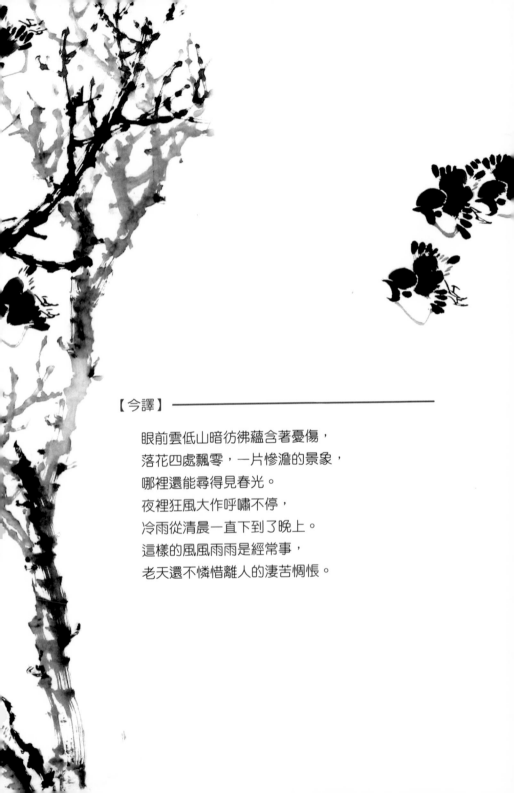

【今譯】

眼前雲低山暗彷彿蘊含著憂傷，
落花四處飄零，一片慘澹的景象，
哪裡還能尋得見春光。
夜裡狂風大作呼嘯不停，
冷雨從清晨一直下到了晚上。
這樣的風風雨雨是經常事，
老天還不憐惜離人的淒苦惆悵。

水仙子　朱彝尊

半湖山上採樵夫，百步橋邊垂釣徒，
三家村①裡耕田父。
這生涯都不苦，要歸與只便歸與②。
錦屏風蒼厓③紅樹，白雪灘金虀玉鱸④，
綠楊灣赤米青菰⑤。

【作者】

　　朱彝尊（1629-1709），字錫鬯，號竹垞，秀水（今浙江嘉興）人。清代文學家。以布衣授翰林院檢討，曾參與纂修《明史》。他學識淵博，著述豐富，詩詞古文皆有成就，亦善作散曲。作品多表達隱逸情懷，也常描繪故鄉風物及揭露社會現實。著有《曝書亭集》等數百卷，有散曲集《葉兒樂府》，收小令四十三首。

【注釋】
①三家村：指偏僻的小鄉村。
②歸與：回去吧，引申為辭官、歸農之意。
③蒼厓：蒼翠的山崖。厓，即崖。
④金虀玉鱸：用鱸魚作膾，蓴菜做羹，因魚肉白尊菜黃而得名，後泛指美味佳餚。金虀，即吳地的蓴菜，色澤金黃，亦指細切後用鹽醬等浸漬的蔬菜。
⑤赤米青菰：粗糙的米和新鮮的蔬菜。赤米，也稱桃花米，是一種劣質米。青菰，俗稱茭白，生於水邊，可食用。

【名句】

　半湖山上採樵夫，百步橋邊垂釣徒，
　三家村裡耕田父。

【鑑賞】

　　朱彝尊常在作品中描繪桃花源式的田園生活場景，借此傳達厭惡官場、渴望歸隱的情感。這首小令即是如此。

　　開篇寫鄉居生活，直陳思歸的心願。在鄉村，無論是半湖山上的樵夫，百步橋邊的漁父，還是小山村裡的農夫，他們的生活一點兒都不苦，想要歸隱山林的人趕快來歸隱吧。這是非常主觀的結論，詩人眼裡的「都不苦」，是有潛臺詞的。詩人混跡官場，因不得志而壓抑痛苦，遠不如那些樵夫、衣夫，沒有仕途的險惡和官場的坎坷，也沒有人與人的勾心鬥角，即使物質匱乏，生活清苦，也是愉悅自在的。以對鄉居生活的讚美，反寫出對官場的厭惡，對自由、閒適生活的嚮往和追求。末尾幾句承接前篇，描繪鄉居生活的誘人之處：做樵夫，可以欣賞到屏風般錦繡的蒼山紅樹；做漁父，可以享受到鱸魚蓴菜的美味；做農夫，也有粗茶淡飯可以充饑。詩人以工整對仗的句式，渲染鄉居生活的美好：優美的環境，美味的菜肴，淡泊的生活，進一步強化「要歸與只便歸與」的主題，也使詩人避世思歸的志向更為鮮明地表達出來。

【今譯】

看那半湖山上的樵夫，
百步橋邊的漁夫，
三家村裡的農夫。
他們的生活都不算清苦，
想要歸隱山林，就到這裡居住。
蒼山紅樹如錦繡屏風，
白雪灘上鱸魚美味應有盡有，
綠楊灣裡可以吃到粗米和鮮蔬。

天淨沙　朱彝尊

一行白雁清秋，數聲漁笛萍洲^①，
幾點昏鴉斷柳。
夕陽時候，曝衣人^②在高樓。

【注釋】
①萍洲：長滿白萍的小洲。
②曝衣人：晾曬衣服的人。

【名句】

一行白雁清秋，數聲漁笛萍洲，幾點昏鴉斷柳。

【鑑賞】

這是一首描寫秋日黃昏景致的小令，用淡淡的白描手法，勾勒出一幅意境悠遠的圖畫，傳達出詩人客居思鄉的感情。

開篇寫景：一行白雁從天空飛過，烘托出秋高氣爽的氛圍；數聲漁笛在小洲響起，反襯出黃昏的靜寂；遠遠地，幾點昏鴉，幾株枯柳，彰顯出野外的荒涼。詩人運用鼎足對的表現手法，著墨不多，卻形象地勾勒出一幅清秋的景象，點染出一種荒寂淒清的氛圍。接下來兩句寫人。正是黃昏時候，曝衣人出現在高樓。「曝衣人」是詩歌中少見的意象，詩人選取這一生活化的細節，點明了遊子的身分。對曝衣

人，作者沒有過多描述，只是把她作為畫面的一部分，留給讀者去想像。在落日的斜暉下，想像中的曬衣人那嫻靜的身影與恬淡的微笑，也成為詩人思鄉之情的一種寄託。

【今譯】

一行白雁高飛裝點著清秋，
數聲漁笛迴響在佈滿萍草的小洲，
幾隻老鴉低回於折斷的殘柳。
夕陽西下的時候，
曬衣人站立在高樓。

山坡羊 飲池上　朱彝尊

昏鴉初定，涼蟬都靜，絲絲魚尾殘霞剩①。
渚煙冷②，露華凝，香箭③笑卷青荷柄。
我醉欲眠君又醒。
等，簾內聲；燈，花外影。

【注釋】

①絲絲魚尾殘霞剩：天空中只剩下魚尾似的一條絲紅霞。

②渚煙冷：小島上霧氣瀰漫，有淒冷之感。渚，水中小島、小洲。

③香蓇：指尚未展開的細長微捲的荷葉。

【名句】

昏鴉初定，涼蟬都靜，絲絲魚尾殘霞剩。

【鑑賞】

　　這是一首描摹池上景觀的曲子。詩人用細膩清爽的筆調，勾勒出一幅幽靜淡雅的畫面，體現了作者清雅沖淡的藝術風格。

　　開端寫遠景：烏鴉歸巢了，寒蟬也不再鳴叫，天空中只剩下魚尾似的絲絲晚霞。昏鴉、寒蟬都善鳴叫，此刻卻十分安靜，彷彿原本嘈雜的聲音驟然停頓下來一樣，寫出了環境的寧靜清幽，給讀者以身臨其境的感覺。而殘霞預示了夜的降臨，同樣營造出寂靜的氛圍。詩人別開新聲，以「魚尾」作比，寂靜中又添幾分生氣。接句由遠景及近景：沙洲上霧氣迷濛；傍晚時水氣都凝結成了露珠；池上是細長的尚未舒展的荷葉。顯然詩人正泛舟池上，「渚煙」、「露華」、「香蓇」都是他看到的細微的景物；「冷」、「凝」則是他感覺到的清幽的氣息。作者用細膩的筆觸描摹池上景致，真實可感，使讀者宛如同在景中。「笑卷」一詞把荷葉擬人化了，似乎帶著些笑意盈盈，而詩人醉眼看荷，內心也有些興高采烈。結尾幾句寫船上情境，給人以朦朧的美感。詩人酒醉欲眠，而曾經對酌的朋友此刻卻從船艙中醒來；於是，詩

人低聲詢問著什麼，此時船艙的燈光正映照出花影。全曲把個人的聽覺、視覺和感覺統一在畫面上，創造出一種清幽雋永的藝術境界，這是此曲的獨到之處。

【今譯】

黃昏的烏鴉剛剛安靜下來，
寒蟬都不再淒鳴，
只有絲絲魚尾似的殘霞掛在空中。
沙洲上霧氣彌漫十分清冷，
凝結的露珠閃爍晶瑩。
細長未展的荷葉高興地捲作青荷的花柄。
我醉意沉沉，你又清醒。
等待著，簾內的回應；
燈光，映照出花外的身影。

沉醉東風 春遊 徐石麒

紅蓼^①岸家家賣酒，綠楊橋處處橫舟。
裹春風袖子輕，馱詩句驢兒瘦^②，
趁清光^③不醉無休。
自把桃花插滿頭，且莫問旁人笑否。

【作者】━━━━━━━━━━━━━━━━━━━━

　　徐石麒，生卒年不祥，字又陵，號坦庵，原籍湖北，居住揚州。明末清初戲曲家。善畫花卉，工詩詞，長制曲，散曲風格清新秀美而不乏灑脫之氣。著有《坦庵詞曲》，收雜劇四種，另有傳奇三種傳世。有散曲集《坦庵樂府黍香集》，現存小令五十二首。

【注釋】
①紅蓼：生長於水邊的植物，開紅色或白色的花。
②馱詩句驢兒瘦：典故出自《唐詩紀事》，有人問詩人鄭棨近來可寫新詩了嗎？他答，詩思都在霸橋（在今西安）風雪中驢背上。
③清光：這裡形容春天晴朗的氣候、時光。

【名句】

裛春風袖子輕，馱詩句驢兒瘦。

【鑑賞】

這首小令描寫了詩人早春遊賞的經歷，筆調輕快流暢，情節風趣活潑，是一首情趣盎然的作品。

開篇運用對仗句式，描寫春日景致：酒家的招牌在紅蓼叢中時隱時現，楊柳飄搖的橋邊到處都有小舟在載客。以「紅」與「綠」這樣鮮明的顏色對比，寫出春天的明媚與多彩。又以「家家」與「處處」，勾勒出春日江村繁忙、喧鬧的景象，營造了歡樂、祥和的氣氛。接句寫詩人春遊時的心情和行為：他春風得意，興致勃勃，連衣袖都變得輕飄飄的；他邊走邊吟詩，陶醉在一片春景之中；碰到酒家，他便進去開懷暢飲，一醉方休。以「裛」字寫出春風的和煦、怡人；而「瘦」字俏皮活潑，寫詩人在春光中詩興大發，簡直要擔心驢子太瘦馱不動詩句了。多麼富有生活情趣的畫面！這畫面又為生機盎然的鄉村春景增添了絢麗的色彩。末兩句承接上文。詩人真的醉了，看到路邊桃花盛開，就折來插滿頭，全然不顧別人的嘲笑。這份自得其樂、天真爛漫的喜悅，把春遊的興致推向了高潮。

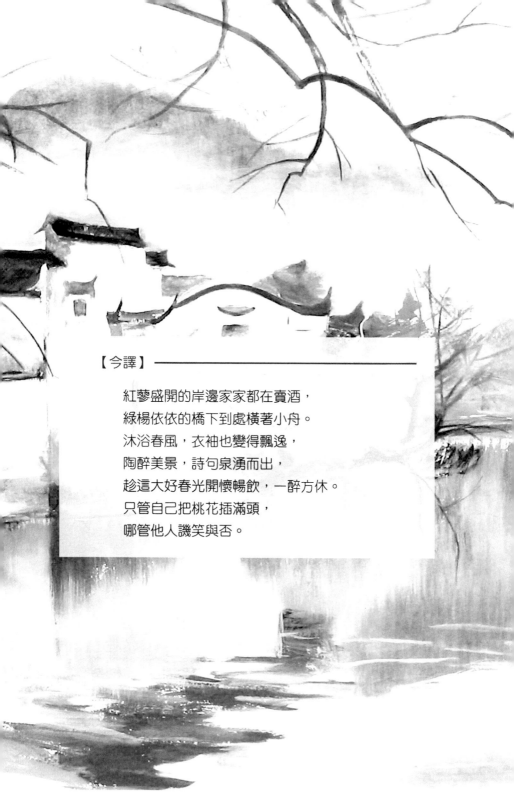

【今譯】

　　紅蓼盛開的岸邊家家都在賣酒，
　　綠楊依依的橋下到處橫著小舟。
　　沐浴春風，衣袖也變得飄逸，
　　陶醉美景，詩句泉湧而出，
　　趁這大好春光開懷暢飲，一醉方休。
　　只管自己把桃花插滿頭，
　　哪管他人譏笑與否。

醉太平 喜故人遠訪 　徐石麒

別離一載，今又重來。
齋頭①正有花開，抱清香滿懷。
旋烹新筍黃芽菜，野人樸簌家風在②。
莫嫌村酒為君篩③，壺乾時再買。

【注釋】
①齋頭：書齋、書房的一端。
②野人樸鞍家風在：山野之人樸素的家風還保留著。樸鞍，即樸素。
③篩：溫酒、燙酒。

【名句】

莫嫌村酒為君篩，壺乾時再買。

【鑑賞】

這首小令敘寫與友人別後重逢的歡快情景，富有生活情趣，用語明白如話，自然親切。

起句開門見山，敘寫離別一年後，友人再次來訪。接句寫詩人喜迎客人的情景：書齋的一端鮮花正開放，詩人把它移放到了客廳。「抱清香滿懷」擷取極富生活情趣的細節，形象生動地表現了詩人按捺不住的喜悅之情。接句仍寫待客。詩人拿來招待朋友的，並不是什麼美味佳餚，不過是當地的時令小菜。足見友人之間並無拘泥，有的只是坦誠相待的情誼。同時，這也是山野人家樸素、恬淡生活的體現。此句是曲中議論之詞，或許是友人對詩人的讚賞，或許是詩人的自詡。結尾兩句寫歡聚場面。選取為友人篩酒的細節，進一步烘托出詩人待客的盛情。酒是村子裡釀製的，詩人告訴友人這酒雖然不名貴，但不要嫌棄，喝盡一壺還可再買。多麼生活化的語言和情節，讀來令人難忘。全曲通過香花、野蔬、村酒待客的細節，充分展示了故友重逢的歡樂場景，流露出不盡喜悅的情緒，可稱是記事小曲的佳作。

離別這一年，
朋友今又來。
書齋端頭鮮花開，
抱起移放香滿懷。
轉而炒出農家菜，
山野之人樸素家風永不放。
別嫌棄為你燙村酒，
喝乾了咱們再去買。

昨日　金農

二月尾，三月初，不風不雨春晴。
送別唱《渭城》①，曲子尚有餘聲。
離愁無據②，落花如夢人何處？
酒旗山店，知昨日青驄③，一鞭從此去。

【作者】——————————————————————

　　金農（1687-1764），字壽門，號冬心，仁和（今浙江杭州）人。清代文學家，「揚州八怪」之一。他博學多才，精篆刻，善畫竹梅，文學造詣很高。著有《冬心先生集》、《自度曲》、《冬心集拾遺》等。

【注釋】
①《渭城》：即唐代詩人王維名作《渭城曲》，亦名《陽關曲》，常表達離別之情。
②無據：無所依憑，看不見，抓不著。
③青驄：指毛色青白相雜的駿馬。

【名句】——————————————————————

　　離愁無據，落花如夢人何處？

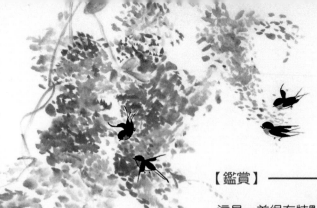

【鑑賞】————————————

　　這是一首很有特點的送別小令，描寫
的不是送別當日的場景，而是送別後的種
種回想，借此表達內心揮之不去的惆悵。
這種深深的知己之情，令人感動。

　　開篇即是回憶：送別時正是二月末三
月初，一個風和日麗的春天，大家一起高
唱著《渭城》依依惜別。直到今天，那曲
子還在耳邊迴響，送別的傷感還未散去。
以「餘聲」的嫋嫋不絕，來表現與友人依
依不捨的深情，可謂別具一格。接下來寫
分別後的離愁別緒。這愁緒彌漫心間，
像飄飄落花一般輕盈，又如同夢境一樣難
以把握。友人啊，你究竟在哪裡？「離愁
無據」直抒情懷，同「落花如夢」遙相呼
應，營造了一種迷惘、縹緲的境界，形象
地傳達出詩人難以排遣的別情。末尾三句
是對友人行蹤的想像：或許他昨日曾經過
山野小店，此後便騎著青驄馬揚鞭而去。
「一鞭從此去」，想像友人躍馬揚鞭的動
作，刻畫傳神，引人遐想。遠行的友人離
去得如此果斷，也許正是為了逃避那送別
的傷感。此曲從離別之後的恍惚情緒寫
起，以特定的或想像的情節表達離情，角
度新穎，感人至深。

【今譯】

那是二月末，三月初，
一個風和日麗的春日晴天。
送別的人齊聲高唱《渭城》曲，
曲子到現在彷彿還迴響在耳邊。
離別的愁緒看不見，抓不住，
只見落花夢幻般飄零，卻不知人在何處？
懸著酒旗的山野小店，
或許還記得，昨天一匹青驄馬，
主人揚鞭，從這裡飛奔而去。

送遠曲　金農

津頭^①車馬，柳邊花下，
鞭絲帽影^②太匆匆，他日再相逢。
人折柳，花勸酒，
柳生離別酒生愁，不如不去覓封侯^③。

【注釋】
①津頭：渡口。
②鞭絲帽影：鞭絲，繫在馬鞭上的彩絲。帽影，映在陽光下的人影。
③封侯：封侯拜爵，泛指獲得顯赫功名。

【名句】 ——————————————————

　　人折柳，花勸酒，柳生離別酒生愁。

【鑑賞】 ——————————————————

　　此曲寫離別，卻以議論見長。詩人認為離別之苦實在讓人難以承受，還不如不去追求功名而輕言離別。這從另一角度反映了離情別緒的沉重，也表達了詩人重情義、輕富貴的思想感情。

　　起句寫送別的場景：在車馬川流的渡口，在柳樹下、花叢邊，送別的人們來去匆匆，一旦分離又企盼他日再相逢。詩人寥寥幾筆就寫出了送別場景的紛亂、嘈雜，營造出不

安、傷感的氛圍，為下篇做了必要的鋪墊。接著，詩人選取了送別時的幾個場景生發議論，明確表達了自己的觀點。人們折柳枝相送，在花前一次次地勸酒，殊不知見柳而生離別之情，因酒而灑分別之淚，分別時的種種作態只會更增彼此的惆悵。末句詩人化用王昌齡《閨怨》中「悔教夫婿覓封侯」句意，得出了「不如不去覓封侯」的結論，勸人們珍惜相聚的情意。金農鄙視官場，布衣終生，這首小令正是他思想觀點的流露。

【今譯】

渡口車水馬龍，
柳樹邊花叢中，
只看見鞭絲晃動，人影匆匆，
期盼著他日再相逢。
人們折柳枝相送，
花前告別勸酒不停，
殊不知柳樹傷離別，杯酒生愁情，
哪如不去尋求利祿功名。

醉太平 題村學堂圖　厲鶚

村夫子①面孔，渴睡漢形容②。
周遭三五劣③兒童，正拋書興濃。
探雛趁蝶受朋儕哄④，參軍蒼鶻⑤把先生弄，
甘羅項橐⑥笑古人聰。不樂如菜傭⑦。

【作者】

　　厲鶚（1692-1752），字太鴻，號樊榭，錢塘（今浙江杭州）人。清代文學家、史學家，「浙西詞派」的領袖。詩詞創作常以山水吟詠為題材，散曲則多抒寫人生遭際，以純、清、幽、深見稱。著有《宋詩紀事》、《遼史拾遺》等，有散曲集《樊榭山房北樂府小令》，現存小令八十二首。

【注釋】
①村夫子：鄉村學者，多指村私塾老師。
②渴睡漢形容：渴睡漢，指經常打瞌睡的人。形容，身姿容貌。
③劣：頑皮，頑劣。
④探雛趁蝶受朋儕哄：探雛，捉小鳥。趁蝶，追蝴蝶。朋儕，朋輩，即朋友們。受朋儕哄，是說朋友間互相戲弄、取笑。
④參軍蒼鶻：指參軍戲的兩個角色，長於滑稽詼諧的表演。參軍戲是流行於唐宋時的一種戲劇表演形式，原稱「弄參軍」，內容多諷刺時政或社會現象。
⑤甘羅項橐：是古代的兩個聰明孩子。甘羅，戰國時楚國人，12歲就被秦國封為上卿，成為我國歷史上最年輕的大臣。項橐，春秋時人，相傳7歲時難倒孔子，而成為孔子的老師。
⑥菜傭：賣菜的人。

【名句】

周遭三五劣兒童，正拋書興濃。

【鑑賞】

　　這是一首題圖小令，詩人既緊扣原畫主題，描摹人物群像：一個有點迂腐的私塾先生和一群頑皮活潑的小學生；又跳出畫面外，以詼諧的語言，結合自己的想像，將人物刻畫得生動有趣，讓人忍俊不禁。

　　開篇描摹老先生的形象：一張村學究的面孔，一幅瞌睡蟲的神態。讀者可以想像，這樣一位老夫子，領著孩子們讀四書五經，會是怎樣一種景況。接著寫學堂村童。看著昏昏欲睡的先生，三五個頑劣的村童膽子大起來，他們在課堂上邊喊叫邊拋起書本，玩得興高采烈。下課後，他們樹上捉雛鳥，地上追蝴蝶；還玩起「參軍戲」，一個扮參軍，一個扮蒼鶻，模仿著先生平時的樣子來取笑先生；他們個個都覺得自己就是最聰明的神童，連甘羅、項橐都不放在眼裡。這一節運用鼎足對的手法，包羅了許多情節，既寫出了孩子們的貪玩、好動，又寫出了他們的天真、稚氣。在詩人筆下，頑皮村童的形象被刻畫得栩栩如生。面對淘氣的學生，老先生會怎樣呢？結句做了交待：不樂如菜傭。老先生不高興了，他黑著臉，像個賣菜翁一樣。這首小令從老先生寫起，以老先生作結，敘事完整，結構嚴謹，描述真實而生動。

【今譯】

　　一張村學究的面孔，
　　一幅昏昏欲睡的神情。
　　身邊三五個頑皮的村童，
　　課堂上拋起書本，玩興正濃。
　　樹上捉雛鳥，地上追蝴蝶，同伴間相互起鬨，
　　玩起參軍戲，裝模作樣把先生戲弄，
　　都覺得自己比甘羅、項橐還聰明。
　　先生氣得臉發青，像個買菜翁。

清江吟 菜貴戲作　廖鵬

晚菘一筐堪適口^①，莫笑貧家陋。
求添轉不能，問價高於舊，宜州老人^②空肚久。

【注釋】

①晚菘一筐堪適口：晚菘，即晚白菜，指秋末冬初的白菜。堪適口，剛剛能夠糊口。
②宜州老人：宜州，今廣西宜山。老人，曲中泛指百姓。

【名句】————————————

　　晚菘一筐堪適口，莫笑貧家陋。

【鑑賞】————————————

　　廖鄂一生貧寒，時人稱「瘦廖」。這首小令用平實的語言，夾敘夾議的手法，敘寫詩人自己的貧困生活，表現了當時的社會現實，寄寓了對百姓的深切同情。

　　「晚菘」雖屬當令，卻是貧寒生活的象徵。一筐晚白菜便可以糊口度日，詩人言道：不要笑我家境貧寒。一句屬記事，一句屬議論，言簡意賅地反映出詩人窮困潦倒的生活境況。接句描述了當時的一個生活細節：想多買點菜已經變得不可能，因為菜價一天天地增高。民以食為天，菜價飛漲關係到民生，看似小事，實為大事。詩人憂慮的不是個人生活的貧困，正是整個社會的民生狀況。因此，結尾以一句「宜州

老人空肚久」作結。詩人雖生活貧困，尚可勉強度日，可宜
州百姓餓肚子的日子已經很久了。這既是對現實的真實描述，
也飽含著詩人的慨歎。這種憂國憂民的思想感情十分可貴。

【今譯】

　　白菜一筐勉強可以度日糊口，
　　別譏笑我家貧室陋。
　　想多買點菜變得不可能，
　　菜價飛漲難以承受，
　　宜州百姓空著肚子已經很久。

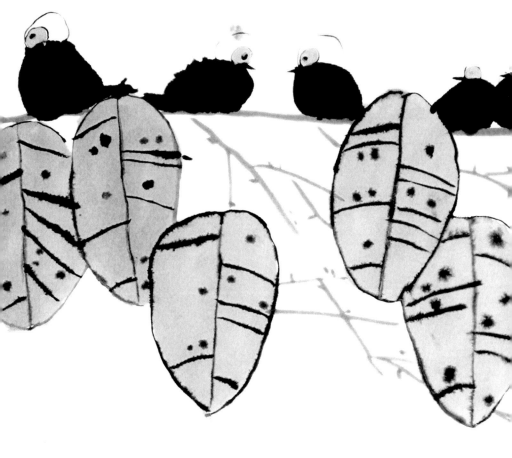

殿前歡 秋思　厲鶚

寫秋思，芭蕉葉葉竹枝枝，
南湖風雨涼何自？
潘鬢^①成絲。
蟲聲唱鬼詩^②，雁影排人字，
鳳紙^③書仙事。
餘香滅後，幽夢回時。

【注釋】

①潘鬢：晉代潘嶽在《秋興賦》中稱自己三十二歲時就有了白髮，後人以「潘鬢」形容剛進入中年就生出白髮。

②蟲聲唱鬼詩：形容蟲鳴聲高低起伏，像鬼在吟詩。

③鳳紙：名貴的紙，其上繪有金鳳，唐代時只有文武官誥及道家青詞才能使用。

【名句】

寫秋思，芭蕉葉葉竹枝枝。

【鑑賞】

這首小令是詩人四十歲左右時所作，通過敘寫秋夜的所思所感，營造出一種悲秋的氣氛，寄寓了詩人對時光易逝、生命短暫的感慨。

開篇寫詩人秋夜難眠，遐思不斷，聽著窗外的芭蕉、竹枝在風雨中颯颯作響，不禁疑惑這南湖風雨的涼意究竟來自哪裡呢？以最易引發秋興的「芭蕉」、「竹枝」開篇，秋夜的寒意與淒涼不期而至。詩人對鏡自照，發現兩鬢已有了絲絲白髮，內心充滿驚訝和悲涼。「潘鬢成絲」是詩人的自我感歎，在全曲中有承上啟下的作用。接著，詩人運用鼎足對的手法，敘寫了「蟲聲」、「雁形」、「鳳紙」這三種極有秋意的事物，集中抒發了悲秋的感慨。聽秋蟲鳴叫，彷彿鬼在吟詩；看到雁陣排成「人」字南飛，不由得想到時光飛逝，一些渴望長生不老的人大概又會在鳳紙上書寫求仙的願望。這一節詩人描寫的仍是秋景，抒發的卻是秋天的悲情、人生的悲情。由於詩人帶上了強烈的感情色彩，因此秋景也

變得格外淒涼。「鳳紙書仙事」是詩人的想像，表達了詩人
對人生短暫的感歎。結尾兩句仍寫秋夜，與開篇呼應。餘香
一點點燃盡了，正是夜深人靜、幽夢初醒的時候。依然是這
樣淒清孤寂的秋夜，恐怕詩人由秋思而引發的悲情只能是
「才下眉頭，卻上心頭」吧。

【今譯】

靜夜想寫下秋天的情思，
葉葉芭蕉枝枝翠竹搖曳在風中，
南湖風雨的涼氣不知來自何處？
對著鏡子看到白髮已初染雙鬢。
蟲聲唧唧彷彿鬼在吟唱，
大雁飛過留下排成人字的身影，
有人正用鳳紙上書求仙，格外虔誠。
餘香漸漸燃盡，
正是深夜夢醒時分。

折桂令 述懷　吳錫麒

得歸來歇了朝車①，隨意招呼，只在煙霞。
芰制披寬②，草鞋縛峭③，箬帽籠斜④。
醉老瓦漁樵合局⑤，席明蟾⑥鷗鷺分沙。
筏子誰劃？波痕一道，去訪蒹葭⑦。

【作者】

　　吳錫麒（1746-1818），字聖征，號穀人，錢塘（今
浙江杭州）人。清代詩人、駢文大家。曾任翰林院庶起士、
編修、國子監祭酒等職，晚年在揚州講學。他的詩和駢文都
著稱於世，散曲風格清麗。有散曲集《有正味齋南北曲》，
現存小令七十首。

【注釋】

①歇了朝車：指告別了做官生涯。朝車，古代君臣行朝夕禮及宴飲
　時的出入用車。
②芰制披寬：指穿著寬大的隱士服裝。芰制，用芰荷製成的衣服。
③縛峭：形容綁得緊緊的。
④箬帽籠斜：歪戴著草帽。箬帽，即箬笠，用竹篾或箬葉編成。
⑤醉老瓦漁樵合局：老瓦，破舊的瓦盆，曲中指盛酒的器具。合
　局，在一起喝酒。
⑥席明蟾：在明亮的月光下席地而坐。明蟾，本指蟾蜍，後為月亮
　的代稱。
⑦去訪蒹葭：去探訪友人。蒹葭，本指蘆葦，後以「蒹葭伊人」代
　指思念的友人。

【名句】

醉老瓦漁樵合局，席明蟾鷗鷺分沙。

【鑑賞】

此曲所描述的是作者想像中的田園生活，寄寓了作者厭惡官場，追求自在人生的思想感情。

開篇直寫辭官歸隱：結束了做官的生涯，回到那山鄉園林；再不必在拘束的官場規矩中打轉，從此只在意那山水雲霞。以「朝車」、「煙霞」相對，反寫出官場的狹小與山野的廣闊。接下來描述歸隱後的生活：穿著寬大的隱士服裝，縛緊粗糙的草鞋，歪戴著竹篾編成的草帽。與漁父、樵夫一道用破舊的瓦盆暢飲；在明媚的月光下席地而坐，有沙鷗、白鷺相伴。多麼自在而放達的生活。詩人運用鼎足對的手法，把歸隱生活描繪得情趣十足，其中蘊含著詩人的嚮往和追求。結尾幾句選取了生活中的一個細節進行刻劃。「筏子誰劃？」答案恐怕有兩種：一是漁夫代劃，一是詩人自劃。這樣寫來妙趣橫生，引人遐想。「波痕一道」十分形象，而且很有動感，把讀者帶入了清幽靜謐的意境中。而經歷過官場的彼此傾軋後，怎會不嚮往「蒹葭伊人」這樣的君子之交。不難看出詩人筆下的歸隱生活是廣闊的、自由的、閒適的，同在朝為官時的刻板生活形成了鮮明的對比。但是，這是對隱逸生活的一種理想化的描述，是作者志趣的一種表達，在現實生活中是不存在的。

【今譯】

待到歸隱，告別了官場生涯，
不管別人怎麼招呼，
在意的只有山水雲霞。
穿起寬大的隱士服裝，
繫緊粗糙的草鞋，
竹篾編製的草帽歪戴在頭上。
瓦盆盛酒與漁父、樵夫開懷暢飲，
坐在清澈的月光下同沙鷗白鷺休戚與共。
那筏子誰來劃動？
只見水上泛起一道波痕，
我乘筏去探訪思念的友人。

慶宣和 送別　凌廷堪

柳外春風送畫橈①，
別意蕭條。
極目煙波路迢迢②，
去了，去了。

【作者】────────────

　　凌廷堪（1757-1809），字仲子，歙縣（今屬安徽）人。清代詩人、乾嘉學派著名學者。工詩文，擅詞曲，潛心經史。著有多種學術著作，散曲作品收於《梅邊吹笛譜》。

　　【注釋】
　　①畫橈：即畫船，指裝飾華美的船。
　　②極目煙波路迢迢：滿目遠望霧氣瀰漫的江水，只覺路途遙遠。極目，用盡目力遠望。路迢迢，形容路途遙遠。

【名句】────────────

　　極目煙波路迢迢。

【鑑賞】────────────

　　這是一首送別小令，送友人遠去的惆悵情懷被作者表現得空靈雋永，韻味無窮。

　　開篇寫送別的情景：江邊柳枝依依，春風習習，詩人送友人乘舟遠去，心中湧起淒切的離愁。本來春風楊柳、畫船漸遠的情景，朦朧而富有詩意，是十分美好的景致，然而在滿腔離情的詩人看來，卻顯得格外蕭條。這是一種反襯的手法，以美景彰顯詩人內心的憂愁。接句寫詩人的情狀和心境。他茫然地遙望著友人乘坐的畫船，在煙霧籠罩的江面上漸漸消逝。想到友人此一去路途遙遠，詩人內心的萬千離情化作了無聲的感歎。「去了，去了」，是無奈，更是不捨，其中的憂傷和痛苦是難以用語言說盡的。此曲同其他送別作品不同的是，作者並沒有直接訴說離愁別恨如何深重，而是通過對環境、心境的描寫，讓讀者自然而然地進入到送別的情境中，感受離別的傷痛，從而達到語淺意豐的效果。

【今譯】

　　　　春風楊柳中送別乘船遠行的友人，
　　　　離情別緒使眼前的景致變得淒冷。
　　　　縱目遠望，煙波浩渺路遙遙，
　　　　朋友啊已經去了，去了。

慶宣和 閒情　凌廷堪

坐對天邊白玉盤^①，小撲輕紈^②。
月影今宵共團圓，正滿，正滿。

【注釋】
①白玉盤：喻指圓月。
②小撲輕紈：慢慢地搖著團扇。輕紈，細絹製成的團扇。

【名句】————————————————————

　坐對天邊白玉盤，小撲輕紈。

【鑑賞】————————————————————

　　此曲題為「閒情」，寫的是在圓月下納涼的情景，表達了詩人的一種閒情逸致。

　　開篇寫詩人閒坐在庭院納涼，面對著白玉盤一般的圓月，輕輕地搖著紈扇。淡筆勾勒，生動地表現了詩人悠然自得的情趣。而「白玉盤」雖只三字，卻營造出一種微風送爽、月華滿地的意境，悠遠而恬靜。接句由月圓而想到人，感慨今晚是一個共團圓的美好夜晚，天上人間，一樣的團圓；月圓滿，人也圓滿。此曲短小精悍，恰到好處地捕捉到了生活中的某個瞬間，用白描的手法勾勒出一幅悠遠、清新的圖畫，言有盡而意無窮。

【今譯】

　　閒坐庭院面對著天邊皎潔的明月，
　　輕輕地搖起絲絹製成的團扇。
　　天上人間今晚共團圓，
　　月圓滿，人也圓滿。

懶畫眉 維揚^①裡河 　王景文

葑田^②幾棱菜花開，
雙槳如鳧下淺淮^③，
推篷^④忽見好山來。
斜暉映出青天外，
這一幅暖翠浮嵐^⑤妙可偎。

【作者】

　　王景文（1785-1848），字維新，號竹一，容縣（今屬廣西）人。清代詩人、散曲家。博學多才，一生著述頗豐，有《叢溪集》、《海棠詞》、《樂律辨正》等。小令多即景抒懷之作，有散曲集《紅豆曲》，現存小令三十八首。

【注釋】

①維揚：揚州的別稱。

②葑田：葑，茭白的根。湖澤中茭白積聚處，年久腐化變為泥土，水乾涸後成田，稱「葑田」。

③淺淮：泛指淺水灘。

④篷：船篷，小船上遮擋日光和風雨的拱形頂，用竹篾、葦席等做成。

⑤暖翠浮嵐：暖翠，形容天氣晴和時青翠的山色。浮嵐，飄浮的霧氣、雲霧。

【名句】

　　推篷忽見好山來。

【鑑賞】

　　王景文的寫景小令，多用淺近淡雅的語言描繪常見的景致，能於平凡中寫中新意來。這一首描寫水鄉風光的曲子也體現了這一特點。

　　此曲按照詩人乘船觀景的前後順序推進，讓這水鄉美景如畫卷一般緩緩展現在讀者眼前。在揚州的內河之上，詩人乘船緩緩而下。幾處水田裡油菜花熱熱鬧鬧地開放，一簇簇耀眼的金黃，裝點著初春的河岸。油菜花盛開之季有如花海，以「幾稜」形容，說明花期未至，點明初春的時令，用詞精准而細膩。又以「如鳧」寫船槳輕輕劃動的樣子，十分新穎。接句寫船至淺水灣，詩人悠閒地推開船篷，秀麗的山景彷彿迎面撲來。「忽見」一詞稱得上全曲詩眼，又貼切又鮮活，平緩的畫面因此而飛動起來，作者乍見美景的欣喜也

溢於言
表。接句詩人的視線
拉遠。舉目遠望，只見夕陽的餘暉
映照天際，為之塗上了一抹金色，似乎
天空變得更加遼遠；周圍的山巒樹木一片蔥籠，飄
浮其間的雲霧多彩迷濛。這景象使詩人突然產生了一種想投
入其懷抱中的感覺。「可偎」以口語入曲，寫人與自然和諧
相處，有「水光山色與人親」的意境。此曲描寫揚州城內河
小景，純用白描的手法，步步有景而又層次分明，如一幅明
麗清新的水墨畫，讀後令人難忘。

【今譯】

幾塊澤田裡簇簇菜花始盛開，
雙槳輕劃，小船順流下淺水，
推開船篷，忽見秀麗的山景撲面來。
斜陽的餘暉灑向青天外，
這柔和蔥翠、霧氣迷茫的畫面，美妙得讓人想依偎。

一半兒 青梅　趙慶熹

海棠花發燕來初，梅子青青小似珠，
與我心腸兩不殊①。
你知無？一半兒含酸一半兒苦。

【作者】

　　趙慶熹（1792-1847），字秋舲，仁和（今浙江杭
州）人。清代著名散曲家。工詩詞，長於散曲，其散曲表現
力強，善於繪景寫情。著述頗豐，有《楚遊草》、《香消酒
醒詞》及《香消酒醒曲》等，今存小令九首。

【注釋】
①兩不殊：沒有兩樣，沒有什麼不同。

【名句】————————————

　　梅子青青小似珠，與我心腸兩不殊。

【鑑賞】————————————

　　這是一首詠青梅的小令。詩人用樸實無華的語言，物我雙關的表現手法，寫出了青梅的特點，也寄託了自己的情感。

　　青梅在我國詩歌傳統中，象徵著小兒女們青澀懵懂的情誼。這首小令也是以少女的口吻寫就的。開頭兩句描寫初熟的青梅。在海棠開放、燕子初來的早春時節，樹上結滿了珍珠似的青梅。以「似珠」形象地寫出了梅子初結時圓潤、繁盛及細碎的特點。而主人公看到滿樹的青梅，又聯想到青梅的味道，不由得想：「我」此時的心思正和青梅的味道相似。這是承上啟下的一句。自然接入末尾兩句，用設問句的形式來解釋「兩不殊」，真個是「一半兒含酸一半兒苦」。那初生的青梅又酸又澀，不正如少女尚未成熟的愛戀之情，有著酸楚，也有著淡淡的苦味。一語雙關，少女欲語還休的情態躍然紙上。

【今譯】

　　海棠花開燕子剛剛飛回的時候，
　　青青的梅子碎小得像一顆顆珍珠，
　　它同我的心思並無異處。
　　你知道不？
　　一半兒是酸澀一半兒是苦。

一半兒 偶成 趙慶憙

鴉雛年紀好韶華①，碧玉②生成是小家，
挽個青絲③插朵花。
鬐雙丫④，一半兒矜嚴⑤一半兒耍。

【注釋】
①鴉雛年紀好韶華：鴉雛，指十幾歲梳著雙鬟的少女。韶華，美好
　的時光、年華。
②碧玉：典出樂府《碧玉歌》，原為人名，後以「小家碧玉」指稱
　小戶人家的美麗少女。
③青絲：烏黑的頭髮。
④雙丫：亦作「雙鴉」，指少女的髮鬟。
⑤矜嚴：矜持、嚴肅。

【名句】

鴉雛年紀好韶華，碧玉生成是小家。

【鑑賞】

這是一首寫人的小令。詩人用明朗的筆調，口語化的語言，刻畫了一位「小家碧玉」的少女形象，自然而生動。

開篇寫少女的家境與外表。她不是富貴人家的小姐，而是出身於小門小戶的人家；雖然年紀尚小，可已經懂得愛美，梳好青絲長髮，又插了朵鮮花。以「碧玉」來指稱，可謂恰到好處，既點明她正值天真爛漫的好年華，又予人以俏麗而楚楚動人的印象。「插朵花」是非常生活化的細節，寫少女愛美的天性，十分生動。結尾兩句進一步刻畫了少女的性情。她的外表像模像樣的，一時故作認真，像個大姑娘般矜持、嚴肅；一時又忍不住活潑、頑皮起來，流露幾分嬌憨和稚氣。詩人運筆經濟，從家境到年紀，從容貌到性格，多角度地塑造了少女鮮活的形象，給讀者留下了「清水出芙蓉，天然去雕飾」的美好印象。

【今譯】

青春妙齡，正值好年華，
美麗的少女長在小戶家，
挽起的黑髮上插了朵花。
兩髻梳了個雙丫形，
一半兒矜持，一半兒戲耍。

滿庭芳　許光治

綠陰野港，黃雲壟畝^①，紅雨村莊^②。
東風歸去春無恙，
未了蠶忙，連日提籠採桑。
幾時荷鍤^③栽秧。
連枷^④響，田塍^⑤夕陽，打豆好時光。

【作者】

　　許光治（1811-1855），字龍華，號羹梅，海昌（今浙江海寧）人。清代著名散曲家。他一生以授徒為生，書畫、篆刻以至醫藥、音樂等，無不通曉，尤長於散曲。有散曲集《江山風月譜》，現存小令五十三首。

【注釋】
①黃雲壟畝：地裡麥子成熟，遠望像一片黃雲覆蓋在田壟上。壟畝，即田壟。
②紅雨村莊：形容村前村後落花飄零的景象。紅雨，指落花。
③荷鍤：荷，扛著。鍤，鍬。
④連枷：脫粒、打麥的農具。
⑤田塍：指田間的土埂。

【名句】

　　東風歸去春無恙。

【鑑賞】

　　這是一首描寫江南農村農事活動的曲子。詩人用明快的筆調，在描繪鄉村景致的同時，敘寫了農家勞作的場景，謳歌了勞動者的勤勞與熱情。

　　開篇運用鼎足對的手法，描摹了鄉村風景：綠樹成蔭，掩映著野外的水塘；大麥已經成熟，像黃雲覆蓋在田壟上；村前村後落花紛紛，如紅雨飛揚。詩人從色彩的角度渲染了春夏之交瑰麗的江南風光，像一幅色彩濃鬱的油畫，給讀者以深刻的印象。「東風歸去春無恙」是說春將去未去，點明時令為春夏之交，正是農忙的季節。接下來敘寫農忙的情狀。蠶事還未結束，連日來提著籮筐去採桑葉；剛放下籮筐，接著又扛著鍬去插秧；到夕陽籠罩田園時，又是打豆、打麥的好時光，到處只聽到連枷聲聲。寥寥幾筆，勾畫出一派繁忙的鄉村勞動景象。詩人點出「夕陽」，暗指農忙時節，農民們從早到晚都在緊張勞動；而「連枷」只聞其聲未見其人，創造出一種意境美，引發讀者遐想。全曲寫景敘事融為一體，雖然沒有直抒情懷，可字裡行間洋溢著對勞動者的讚美之情。

【今譯】━━━━━━━━━━━━━━

　　綠樹成蔭掩映著野外的水塘，

　　大麥熟了，像黃雲覆蓋在田壟上，

　　村前村後落花紛紛，遍地飛揚。

　　春風已經歸去，春天還留在山鄉，

　　養蠶的人尚未結束繁忙，

　　連日裡提著籮筐去採桑。

　　不知何時又扛著鐵鍬去栽秧。

　　聽得連枷聲聲響，

　　夕陽映照在田埂上，

　　正是農家打豆的好時光。

水仙子 *海棠* 許光治

紅綿繡鳳撲華鉛①，紅錦回鸞散舞錢②，
紅絲顫雀翹妝鈿③。
過清明百六天④，畫牆低何處秋千？
宿粉暈流霞炫，明姿洗垂露鮮，
是花中第一神仙。

【注釋】

①紅綿繡鳳撲華鉛：含苞待放的海棠花，好像紅錦上繡著的鳳凰一樣美麗。華鉛，即鉛華，指搽臉的粉，曲中形容海棠花的顏色。

②紅錦回鸞散舞錢：綻放的海棠花在微風中搖曳，好像鸞鳥在空中迴旋跳舞一樣。散舞錢，形容舞姿曼妙。

③紅絲顫雀翹妝鈿：垂絲海棠花梗細長，花瓣下垂，像顫微微的雀兒，又像翹起的花鈿。鈿，用金、銀、玉、貝等製成的花朵狀的首飾。

④過清明百六天：指寒食節，在冬至之後一百零六天。

【名句】

宿粉暈流霞炫，明姿洗垂露鮮。

【鑑賞】

這是一首歌詠海棠花的小令。詩人運用比喻、擬人等修辭手法，用細膩傳神的描摹，寫盡了海棠花的嬌妍和美麗，令人回味無窮。

開篇，詩人用鼎足對和暗喻的表現手法，描繪了海棠花開放前、開放時的嬌美多姿。含苞待放時，她像紅錦上繡的鳳凰，色彩豔麗；盛開時，她在風中搖曳，像鸞鳥在空中迴旋跳舞，姿態妖嬈；尤其是那垂絲海棠，梗長花重，像是紅絲上顫微微的鳥雀，又像是翹翹的花朵首飾，引人注目。接下來詩人宕開一筆，轉寫秋千。清明時節，畫牆庭院，是誰家少女正在蕩秋千？詩人眼中，盛放的海棠花就像那少女一樣嬌豔美麗，用擬人的手法，賦予海棠花以人之情。結尾敘寫海棠花早晚不同的美麗：暮色中她呈現出的紅暈像彩霞般

絢爛；清晨時她秀麗的姿容比露珠還要鮮潤。這裡，詩人寫海棠，更是在寫佳人，亦人亦花，渾然一體，妙句天成。海棠花一向被譽為「花中神仙」，豔而不俗，此曲寫出了她在萬千花卉中的獨特之美，實在難得。

【今譯】

　　含苞待放，如紅綿上繡出的鳳凰撲了脂粉，
　　迎風開放，如紅錦上迴旋的鸞鳥漫舞在空中，
　　花瓣垂懸如紅絲上顫顫的金雀、
　　翹翹的首飾別具神韻。
　　冬至過後百餘天到了清明，
　　畫牆周圍，秋千架下，何處芳蹤？
　　暮色中呈現的紅暈像流霞般絢爛，
　　清晨靚麗的姿容比露珠還要鮮潤，
　　真不愧花中第一神仙的美名。

元曲拾遺

後庭花 懷古 　呂止庵

芙蓉凝曉霜，木犀①飄晚香。
野水雙鷗靚②，西風一雁翔。
立殘陽，江山如畫，
倦遊③非故鄉。

【作者】

呂止庵，生平事蹟不詳。現存小令三十三首。

【注釋】
①木犀：又名木樨，即桂花，香氣濃鬱。
②野水雙鷗靚：野水，野外的水流，亦指非經人工開鑿的天然水
　流。靚，方言，漂亮、好看的意思。
③倦遊：無心遊覽。

【名句】

芙蓉凝曉霜，木犀飄晚香。

【鑑賞】

此曲題為「懷古」，實際上表達的是懷念故鄉的情懷。
詩人運用反襯手法，通過描繪眼前的秀麗風景，來抒發自己
強烈的思鄉之情，讀來令人感動。

　　開篇就描繪出一幅如畫的美景：荷花凝露，桂花飄香；野水浮鷗，西風雁翔。畫面中的景物有靜有動，各具特點，構成了秀麗的江南秋色，吸引著無數遊人為之流連忘返。曲中，作者採用了對仗的句式結構，不僅增加了表現力，而且創造出一種韻律美。然而，詩人與一般遊人不同，他到此別有一番情懷，接下來的幾句便是這種情懷的表露。詩人站立夕陽下，面對著壯麗的山河，卻懶得遊覽觀賞，因為這裡不是他的故鄉。結尾一句畫龍點睛，筆力千鈞，似乎前面著意刻畫的秀麗風光，一下子全都抹去了，被詩人濃濃的思鄉之情所替代。這種反襯手法的運用，收到了強烈的藝術效果。

【今譯】

　　荷花上似乎還凝結著清晨的寒霜，
　　暮色中的桂花已飄來陣陣清香。
　　野外小河裡浮游著一對漂亮的鷗鳥，
　　一隻大雁正迎著西風翱翔。
　　我站立在夕陽下，
　　面對著美麗如畫的山河，
　　無心去遊覽，因為這裡畢竟不是故鄉。

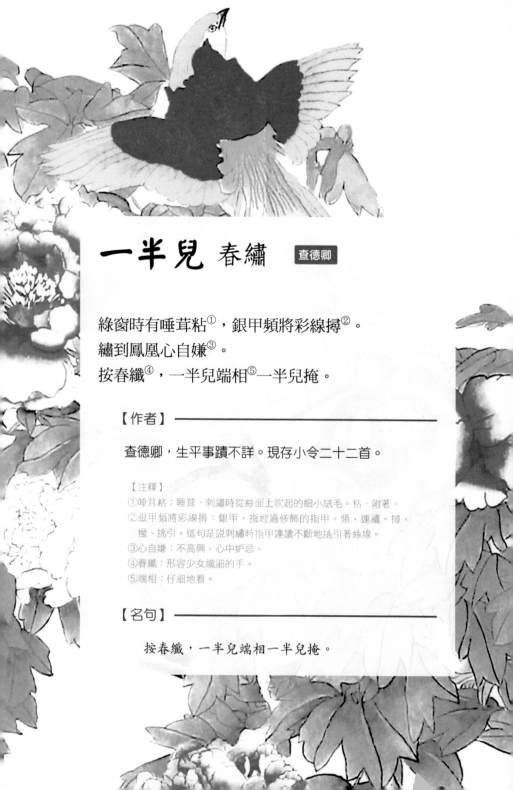

一半兒 春繡　查德卿

綠窗時有唾茸粘^①，銀甲頻將彩線撏^②。
繡到鳳凰心自嫌^③。
按春纖^④，一半兒端相^⑤一半兒掩。

【作者】

查德卿，生平事蹟不詳。現存小令二十二首。

【注釋】

①唾茸粘：唾茸，刺繡時從絲面上吹起的細小絨毛。粘，附著。
②銀甲頻將彩線撏：銀甲，指經過修飾的指甲。頻，連續。撏，
撥、挑引。這句是說刺繡時指甲連續不斷地挑引著絲線。
③心自嫌：不高興，心中妒忌。
④春纖：形容少女纖細的手。
⑤端相：仔細地看。

【名句】

按春纖，一半兒端相一半兒掩。

【鑑賞】

　　這是一首描寫少女刺繡的小令。詩人以輕鬆明快的筆調，刻畫出少女愛美愛俏的心態，生動形象，惹人喜愛。

　　開篇寫少女刺繡的場景和神態：綠樹掩映的窗戶上不時粘上刺繡時吹起的絲絨毛，窗下少女用指甲連續不斷地將彩線挑引。詩人採用對仗的手法，細膩地表現出少女飛針走線、忙於刺繡的情狀。「綠窗」一詞表明春天到了，綠樹成蔭，遮擋了窗子。「銀甲」一詞則顯示了少女的愛美之心，很顯然，這指甲是經過精心修飾的。「時有」和「頻將」寫出了少女刺繡技藝的嫻熟。接句描寫少女的心態。當繡到鳳凰時，少女表現出不高興的樣子，也許，她在妒忌鳳凰的美麗。這一細節寫出了少女天真可愛的一面。末兩句承接上文，敘寫少女的形容動態：她停下手來，一邊仔細端詳所繡的鳳凰，一邊又遮遮掩掩，彷彿有什麼難言的心事。全曲篇幅不長，用語不多，卻把刺繡少女的青春形象刻畫得活靈活現，足見詩人的功力。

【今譯】

　　綠樹掩映的窗戶時而粘上刺繡吹起的絨毛，
　　銀色的指甲不斷地將七彩絲線撥挑。
　　繡到鳳凰的時候，抑不住心中煩惱。
　　停住了纖細的玉手，
　　一半兒仔細端詳，一半兒遮遮掩掩。

蟾宮曲 山間書事　吳西逸

繫門前柳影蘭舟①，煙滿吟蓑②，風漾閒鉤。
石上雲生，山間樹老，橋外霞收。
玩青史低頭袖手③，問紅塵緘口④回頭。
醉月悠悠⑤，漱石休休⑥，
水可陶情，花可融愁。

【作者】

　　吳西逸，生卒年不詳。他在當時影響很大，《太平樂府》、《樂府群珠》都收錄了他的作品。散曲內容多描寫個人的閒適生活，抒發離愁別恨，也有寫景之作，風格清麗疏淡。現存小令四十七首。

【注釋】
①蘭舟：木蘭舟，亦用作小舟的美稱。
②吟蓑：指吟詩之人披的蓑衣。
③玩青史低頭袖手：青史，古代以竹簡記事，竹片多為青色，故稱史籍為「青史」。袖手，藏手於袖，表示閒逸的神態。
④緘口：閉口不言。
⑤醉月悠悠：意即醉酒賞月，亦指每日醉酒的歲月。悠悠，閒適、自由自在。
⑥漱石休休：漱石，流水沖刷岩石。休休，形容水沖刷岩石發出的聲音。

【名句】

　　玩青史低頭袖手，問紅塵緘口回頭。

【鑑賞】

　　此曲描寫山間讀書生活，語言清麗，節奏明快，境界超脫，是一首優秀的散曲作品。

　　開篇寫詩人的山間生活。門前柳影中繫著一葉小舟，詩人身披蓑衣在水邊垂釣，四周煙靄迷濛，有風吹來，魚鉤閒閒地晃動。這裡幾乎沒有人煙，唯詩人與風景相對，很有世外桃源的意境。接句寫景。霧靄在石上繚繞，彷彿從石上生出雲彩一般。這是深山中獨有的景象。山間的樹因為無人砍伐都生長多年，故詩人以「老」相稱。樹石間，溪橋畔，籠罩著晚霞的寧靜光輝。慢慢地晚霞消散，暮色漸濃。詩人以清淡的筆觸描繪山間晚景，也傳達了自己的閒適心境。接句仍是描述山間生活。詩人在山中讀的是史書，卻用了一個「玩」字，可見作者閒適、自在的心態。若有人問起那些紅塵俗事，詩人就會轉過頭去，緘默不語。以「回頭」寫詩人對世俗不屑一顧的態度，表露孤高遺世的品性。結尾幾句寄情於景，寫出了作者對這種恬淡生活的追求和讚美。每日醉酒的日子，必然是悠閒自在的，只需有石有水、有花有月，便足以令人怡悅心神。此曲篇幅不大，寫景、敘事、抒情井然有序，融為一體，很值得玩味。

【今譯】

　　門前柳影下繫著小舟，
　　蓑衣上罩滿了煙霧，
　　和風吹動了悠閒的魚鉤。
　　峭石上雲朵冉冉升起，
　　山間長滿了棵棵老樹，
　　橋頭外晚霞漸收。
　　書房裡玩味史籍心神閒逸，
　　問起人間俗事一概不去應酬。
　　醉酒賞月的日子灑脫自由，
　　聽流水沖刷岩石響聲休休，
　　水可以陶冶情操，
　　花可以消解憂愁。

天淨沙 閒題　吳西逸

江亭遠樹殘霞，淡煙芳草平沙。
綠柳陰中繫馬。
夕陽西下，水村山郭人家①。

【注釋】
①水村山郭人家：在有山有水的村子裡生活的人家。山郭，山城、
山村。

【名句】

夕陽西下，水村山郭人家。

【鑑賞】

　　此曲寫初秋的水鄉美景與閒逸的鄉村生活，格調清雅，如詩如畫。

　　開篇寫景，遠近結合，高低錯落，勾勒出一幅立體的畫面。江邊的涼亭、遠方的樹影、天邊的晚霞、淡淡的煙霧、茵茵的芳草、脈脈的平沙，每一種景物都只用一個字修飾，用字十分精煉，卻把其特點、情狀形象地表現出來了，比如「淡煙」的「淡」，寫黃昏時候地平線上似有若無的煙霧，縹緲而靈動。接句寫詩人在柳樹下繫馬，點明遊子的身分，蘊含淡淡的漂泊之感。黃昏時分，正是回家的時刻，水村裡山腳下的人家被夕陽塗抹上金黃的餘暉，令遊子的心中充滿溫馨。正是這樣秀美的鄉村風光和安逸的農家生活才吸引詩人在此「繫馬」，流連忘返。曲的前篇，詩人著力描繪鄉村人家周邊的美景，可謂引人入勝，為後篇「人家」的出現作了鋪墊。結尾兩句畫龍點睛，點出了黃昏時分的鄉村人家，那樣寧靜安詳的生活與遊子的漂泊無定形成對比，給讀者留下深刻的印象。

【今譯】

　　江邊涼亭、遠方樹影、一抹晚霞，
　　淡淡煙霧、幽幽芳草、脈脈黃沙。
　　禁不住在綠柳蔭下駐足繫馬。
　　太陽快要落山了，
　　眼前是依山傍水的村落、人家。

滿庭芳 牧　趙顯宏

閒中放牛，天連野草，水接平蕪①。
終朝飽玩江山秀，樂以忘憂。
青箬笠②西風渡口，綠蓑衣暮雨滄洲③。
黃昏後，長笛在手，吹破楚天秋。

【作者】

趙顯宏，生卒年不詳，號學村。長於散曲，現存小令二十一首。

【注釋】
①水接平蕪：蕪，叢生的草。這句是說水裡長滿了草。
②箬笠：用箬葉或竹篾編制的寬邊帽，可遮雨。
③綠蓑衣暮雨滄洲：蓑衣，用草或棕葉製成的雨衣。滄洲，泛指水
　　中沙洲、灘頭。這句和上句都是形容漁夫頭戴箬笠，身披蓑衣，
　　迎風沐雨出沒於渡口沙洲。

【名句】

青箬笠西風渡口，綠蓑衣暮雨滄洲。

【鑑賞】

此曲敘寫牧人在放牧時的所見所感，展現了田園生活的恬靜優美，表達了快樂的心境。風格清新樸實，語言通俗流暢。

開篇寫牧人在悠閒中放牛。他所處的環境十分優美：遼遠的天空連接著草原，真有點「天蒼蒼，野茫茫」的感覺；寬闊的水面上水草叢生，看上去一片碧綠。牧人在這樣的環境中生活，終日飽覽綠水青山的秀麗景色，一定會忘卻煩惱和憂愁。此後，詩人突然筆鋒一轉，寫起了漁夫生活：他們頭戴箬笠，身披蓑衣，臨風沐雨，出沒於渡口灘頭。這樣的畫面看似與牧人無關，實則不然。既是實寫牧人所看到的畫

面，也包含著另一層意思：在作者看來，牧人和漁夫的生活有相近之處，雖然勞動場景不同，但他們與世無爭的自在和快樂是相同的。結尾幾句，詩人描繪了新的場景：黃昏後，歸家的牧人吹起了長笛，笛聲悠揚，打破了秋日傍晚的寧靜。由此，牧人的形象更加鮮活起來，也給全曲帶來活潑的生機。

【今譯】

牧人放牛十分悠閒，
遼遠的天空連接著茫茫的草原，
茂盛的水草覆蓋了寬闊的水面。
整日飽覽綠水青山的秀麗景色，
在歡樂中忘記了憂煩。
看那頭戴箬笠的漁夫迎風出沒在渡口，
披著蓑衣，暮雨中越過沙洲水灘。
黃昏過後，
牧人擎一管長笛在手，
嘹亮的笛聲劃破了清秋的楚天。

殿前歡 大都西山① 唐毅夫

冷雲間，夕陽樓外數峰閑，
等閒②不許俗人看。
雨髻煙鬟③，倚西風十二闌。
休長歎，不多時暮靄④風吹散。
西山看我，我看西山。

【作者】

　　唐毅夫，生平事蹟不詳。作品流傳不多，有套數、小令
各一篇。

【注釋】

①大都西山：大都，即元大都（今北京）。西山，北京西郊群山的
　總稱，為京郊名勝。
②等閒：輕易、隨便。
③雨髻煙鬟：髻，指婦女在頭頂或腦後挽起的髮結。鬟，指婦女梳
　的環形髮髻。此句將西山比喻為美女，說她以雨為髻，以霧為
　鬟，整日沉浸在煙雨朦朧之中。
④暮靄：傍晚的雲霧。

【名句】

　　西山看我，我看西山。

【鑑賞】

　　此曲營造了一種人與山相對，互相欣賞，互相守護的奇妙境界。在詩人筆下，山有了靈性，只等著和它有共同志趣的人來欣賞。

　　此曲從陰雲間的山峰寫起，寫西山高雅、悠閒的姿態並不輕易給人欣賞，彷彿在等待知音。接句描繪西山像美女一樣，在煙雨朦朧中髮髻高挽，鬢雲飄逸，身姿挺秀，臨西風倚欄杆。西山沉靜、秀麗的姿態在詩人筆下栩栩如生。西山的朦朧美往往引發人們的長歎，不少人為不能一睹其真容而惋惜。於是，詩人正告大家：真正與山有緣的人，無需長歎，即使有暮靄煙雲，頃刻便會被風吹散。此句屬以議論入詩，但銜接自然，既寫出了西山的瞬息萬變，同時也為下文作了鋪墊。末句「西山看我，我看西山」，是說人與山兩兩相對，心有戚戚，在凝視的眼神中交流彼此內心的情懷。這是多麼美好的境界啊！這裡，詩人不僅賦予西山生命，更賦予其情感。詩人告訴人們：山是有情的，無論你懷有怎樣的心境，山都會以默默的相對來分享你的情思。黃昏時候，獨對山巒，無論怎樣浮躁的心，都可以重回寧靜。

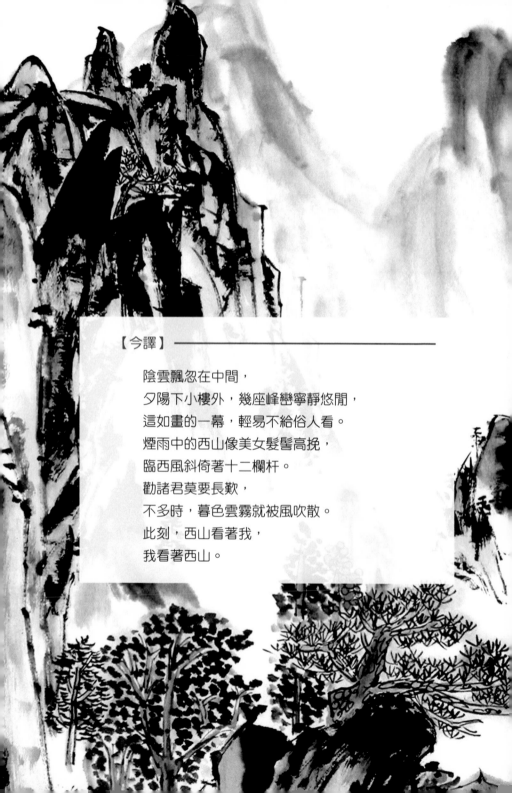

【今譯】

陰雲飄忽在中間，
夕陽下小樓外，幾座峰巒寧靜悠閒，
這如畫的一幕，輕易不給俗人看。
煙雨中的西山像美女髮髻高挽，
臨西風斜倚著十二欄杆。
勸諸君莫要長歎，
不多時，暮色雲霧就被風吹散。
此刻，西山看著我，
我看著西山。

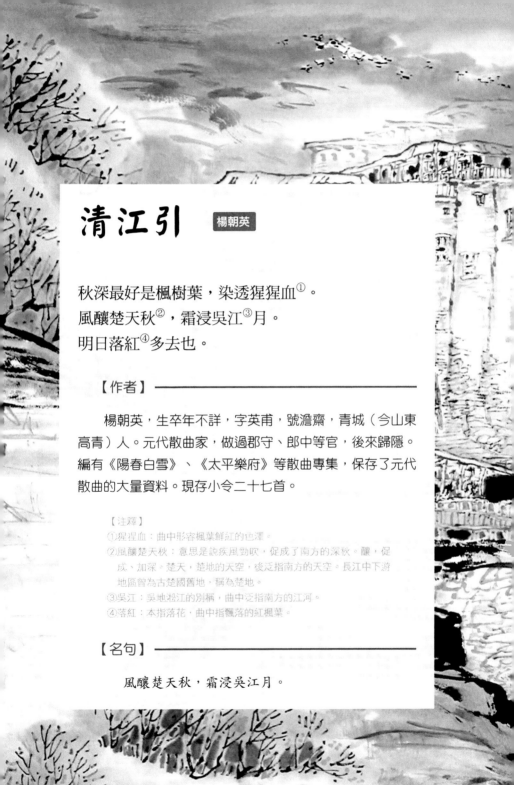

清江引　楊朝英

秋深最好是楓樹葉，染透猩猩血^①。
風釀楚天秋^②，霜浸吳江^③月。
明日落紅^④多去也。

【作者】────────────────

　　楊朝英，生卒年不詳，字英甫，號澹齋，青城（今山東
高青）人。元代散曲家，做過郡守、郎中等官，後來歸隱。
編有《陽春白雪》、《太平樂府》等散曲專集，保存了元代
散曲的大量資料。現存小令二十七首。

【注釋】
①猩猩血：曲中形容楓葉鮮紅的色澤。
②風釀楚天秋：意思是說疾風勁吹，促成了南方的深秋。釀，促
　成、加深。楚天，楚地的天空，後泛指南方的天空。長江中下游
　地區皆為古楚國舊地，稱為楚地。
③吳江：吳地松江的別稱，曲中泛指南方的江河。
④落紅：本指落花，曲中指飄落的紅楓葉。

【名句】────────────────

　　風釀楚天秋，霜浸吳江月。

【鑑賞】

此曲寫深秋的楓葉，寫得絢爛而淒美。詩人用對比的手法，把秋葉的豔紅和凋零聯繫在一起，使人清晰地感覺到美景的短暫和珍貴。

開篇寫紅楓如血。秋意深濃時，萬物蕭條，樹木花草都開始枯黃，楓葉卻彷彿一剎那間鮮紅起來。在秋高氣清的時節，那樣豔紅的色澤與藍天相映襯，格外美麗。然而，楓葉豔紅，卻是秋寒陣陣、秋意更深的標誌，預示著秋天將去、冬天來臨。接句寫疾風勁吹，促成了江南的深秋；秋霜彌漫，浸染了江上的明月。詩人用簡單的對偶句把秋天鋪天蓋地而來的情狀表現得十分到位。霜寒濃重，經霜的楓葉更為紅豔，只可惜這正是楓葉將要凋落的前兆。「多去也」以口語表達，自然貼切，寫楓葉紛紛飄零，寄寓了詩人的惋惜之情。曲中，詩人寫楓葉的盛景和飄零是聯繫在一起的，像是盛極而衰，又像是青春在最美的時刻突然凋落，給人的感覺是奇異而淒美的。這首小令以深秋的紅葉寫南方的秋景，語言清麗，結構緊湊，色彩感十分強烈，讀後令人難以忘懷。

【今譯】

深秋時節最美的是那鮮紅的楓葉，
紅得好像被猩猩的血染透。
疾風釀成了江南的深秋，
江上明月被寒霜浸染不再清秀，
明天紅葉紛紛飄零無數。

少年文學36　PG1571

中學生必讀的中國古典文學
——曲（明～清）【全彩圖文版】

主編／秦嶺、秦乙塵
作者／趙娜、鄭奇
今譯／秦嶺
責任編輯／徐佑驊
圖文排版／楊家齊
封面設計／蔡瑋筠
出版策劃／秀威少年
製作發行／秀威資訊科技股份有限公司
114 台北市內湖區瑞光路76巷65號1樓
電話：+886-2-2796-3638
傳真：+886-2-2796-1377
服務信箱：service@showwe.com.tw
http://www.showwe.com.tw

郵政劃撥／19563868
戶名：秀威資訊科技股份有限公司
展售門市／國家書店【松江門市】
104 台北市中山區松江路209號1樓
電話：+886-2-2518-0207
傳真：+886-2-2518-0778

網路訂購／秀威網路書店：http://www.bodbooks.com.tw
　　　　　國家網路書店：http://www.govbooks.com.tw
法律顧問／毛國樑　律師

總經銷／聯寶國際文化事業有限公司
221新北市汐止區康寧街169巷27號8樓
電話：+886-2-2695-4083
傳真：+886-2-2695-4087

出版日期／2016年10月　BOD一版　定價／350元
ISBN／978-986-5731-65-6

秀威少年
SHOWWE YOUNG

國家圖書館出版品預行編目

中學生必讀的中國古典文學. 曲(明-清) / 秦嶺,
秦乙塵主編. -- 一版. -- 臺北市 : 秀威少年,
2016.10
　　面 ；　公分. -- (少年文學 ; 36)
全彩圖文版
BOD版
ISBN 978-986-5731-65-6(平裝)

834   105017080

讀 者 回 函 卡

感謝您購買本書,為提升服務品質,請填妥以下資料,將讀者回函卡直接寄回或傳真本公司,收到您的寶貴意見後,我們會收藏記錄及檢討,謝謝!如您需要了解本公司最新出版書目、購書優惠或企劃活動,歡迎您上網查詢或下載相關資料:http:// www.showwe.com.tw

您購買的書名:_____

出生日期:_____年_____月_____日

學歷:□高中 (含) 以下　　□大專　　□研究所 (含) 以上

職業:□製造業　□金融業　□資訊業　□軍警　□傳播業　□自由業
　　　□服務業　□公務員　□教職　　□學生　□家管　　□其它____

購書地點:□網路書店　□實體書店　□書展　□郵購　□贈閱　□其他

您從何得知本書的消息?

　　□網路書店　□實體書店　□網路搜尋　□電子報　□書訊　□雜誌

　　□傳播媒體　□親友推薦　□網站推薦　□部落格　□其他_____

您對本書的評價:(請填代號　1.非常滿意　2.滿意　3.尚可　4.再改進)

　　封面設計____　版面編排____　內容____　文／譯筆____　價格____

讀完書後您覺得:

　　□很有收穫　□有收穫　□收穫不多　□沒收穫

對我們的建議:_____

_____

_____

_____

11466
台北市內湖區瑞光路 76 巷 65 號 1 樓

秀威資訊科技股份有限公司 收

BOD 數位出版事業部

....

（請沿線對折寄回，謝謝！）

姓　　名：_____　年齡：_____　性別：□女　□男

郵遞區號：□□□□□

地　　址：_____

聯絡電話：(日)_____　(夜)_____

E-mail：_____